Woitzuck, Magda:
Über allem war Licht. - Verl. Wortreich, 2015
ISBN 978-3-9503991-2-7 fest geb. : EUR 19.90

Rosa wischt die Treppe mit Bleiche, entsorgt tot geschossene Spatzen und einen blutigen Duschvorhang und hängt die eingetretene Tür aus. Ihr Geliebter Milo ist derweil mit einer Leiche im Kofferraum auf dem Weg nach Slowenien. So beginnt das facettenreiche Psychogramm einer Dreiecksbeziehung.
IK: Ehe/Beziehung

(Zba)
(R 11)

VERLAG
WORTREICH

MAGDA WOITZUCK

Über allem war Licht

Roman

VERLAG
WORTREICH

Umschlagmotiv:
Spatzensterben, 2015, Alice Haring
Öl auf Glas, 40 x 50 cm, © Alice Haring

1. Auflage 2015

Grafische Gestaltung & Satz: Lukas Haring
Umschlag Bild & Gestaltung: Alice Haring
Lektorat: Karin Mück & Johann Auer
Druck und Bindung: CPI books GmbH, Leck
Printed in Germany
ISBN 978-3-9503991-2-7

Informationen über das Verlagsprogramm und Veranstaltungen
www.verlag-wortreich.at

Mit Unterstützung des Bundeskanzleramts Österreich KUNST
und der Kulturabteilung der Stadt Wien.

BUNDESKANZLERAMT ÖSTERREICH
KUNST

WIEN KULTUR

Über allem war Licht

„Wo viel Licht ist, ist starker Schatten -
doch war mir's willkommen."

J. W. Goethe

Sie zog ihre Hand aus seiner und strich sich den Rock über den Oberschenkeln glatt. Eine Fliege kroch über die Windschutzscheibe. „Das geht so nicht mehr", sagte Milo leise. Die Fliege hob ab, behäbig taumelte sie durch die Luft und landete auf dem Armaturenbrett. Das Auto roch neu, nach Plastik und Leder.

„Milo", Rosa klappte die Sichtblende auf der Beifahrerseite herunter, „wir haben das tausendmal besprochen."

„Noch so einen Winter ertrage ich nicht."
Sie klappte die Sichtblende wieder hoch und sah zur Seite, in den Wald. Unter den eng beieinanderstehenden Nadelbäumen war es finster.

„Warum willst du das alles aufs Spiel setzen?", sagte sie leise, ohne dass es wie eine Frage klang.
Milo hatte beide Hände auf das Lenkrad gelegt, er betrachtete ihr Profil, die rot-braunen Haare, die sich in ihrem Nacken kringelten, den langen Hals, die Wölbung ihres Busens.

Sie versteifte sich. Mit zwei Fingern begann sie an einem Knopf ihrer Bluse zu spielen. Sie seufzte, und es klang ungeduldig. Als würde sie mit einem Kind diskutieren, dachte Milo, als ginge ich ihr auf die Nerven. Es war heiß. Sogar jetzt, um sieben Uhr abends, zeigte das Thermometer immer noch 34 Grad im Schatten an. Milo presste die Lippen aufeinander und sah aus seinem Fenster. Überall Bäume. Er war damals tagelang herumgefahren, um diesen Ort tief in den Wäldern zu finden, an dem er mit der Frau seines Freundes Zeit verbringen konnte, ohne dass sie von irgendjemandem beobachtet werden konnten. Er hatte dieses Auto nicht nur gekauft, weil es ihm gefiel, sondern auch, weil es Allradantrieb hatte, der auf den unbefestigten, oft schlammigen Wegen des Waldes unerlässlich war.

„Wie lange willst du das eigentlich noch mit dir machen lassen?", fragte er, und es klang kälter, als er wollte, „bis er dich totschlägt? Oder ich ihn?"

Sie antwortete nicht, stattdessen seufzte sie noch einmal und ließ die Hand in ihren Schoß fallen. An ihren Bewegungen erkannte er, dass sie wütend war, aber er war mit seiner Geduld am Ende. Sie war nicht naiv, begriff er, sie war stur.

„Ich weiß einfach nicht, was du von mir willst", sagte Rosa.

„Ich will mich nicht mehr verstecken."

Rosa schwieg. Sie sah aus dem Fenster, in einem schmalen Sonnenstrahl taumelten Staubkörner, an denen sich das Licht brach. Sie saugte an ihrer Oberlippe und zuckte die Schultern, als ginge sie das alles nichts an.

„Schau mich an, wenn ich mit dir rede", sagte er. Sie blickte weiter in die Bäume.

„Ich verstehe einfach nicht, warum du das riskieren willst. Und das andere", antwortete sie langsam, ohne sich nach ihm umzuwenden, „geht dich nichts an."

Milo packte ihr Handgelenk. Als sie versuchte, sich zu wehren, nahm er auch das zweite.

„Ich hab gesagt, du sollst mich anschauen", sagte er noch einmal, und diesmal hatte er ihre Aufmerksamkeit.

„Du musst ihn verlassen." Die Wut machte aus dem Satz ein Ultimatum.

Rosas Augen hatten die Farbe verändert. Da war nichts Vertrautes mehr, nichts Weiches.

„Du tust mir weh."

Sie versuchte, ihre Handgelenke aus seinem Griff zu winden, aber er war zu stark, er ließ nicht los, also gab sie es auf.

„Verstehst du nicht?", Rosa beugte sich vor, zu seinem Gesicht, ganz nah waren sie einander, „ich werde ihn nie verlassen, Milo."

Milo ließ ihre Handgelenke los. Es war nicht einmal das, was sie gesagt hatte, sondern wie sie es gesagt hatte: mit der Bosheit eines Menschen, der sich besser vorkam, klüger und überlegener. Mit der flachen Hand schlug Milo nach ihrem Mund, fester als beabsichtigt. Ein Klatschen, auf das Stille folgte, die sich ausbreitete wie Schall, eine Botschaft, die im Wald verhallte.

Rosas Augen weiteten sich vor Überraschung, sie formte den Mund zu einem O, ihre Hand fuhr an ihr Gesicht. Jegliche Farbe wich aus ihren Wangen, nur die Stelle, an der er sie geschlagen hatte, blieb rot. Milos Handfläche brannte. Er machte eine Faust.

Rosa öffnete die Tür. Wortlos stieg sie aus dem Auto. Das Letzte, was Milo von ihr sah, war das blendende Weiß ihrer Bluse im Rückspiegel, als sie im Schatten der Bäume verschwand.

*

Hans hatte gerne mit dem Luftdruckgewehr auf die Spatzen im Kirschbaum geschossen. Die Spatzen waren nicht immer gleich gestorben. Wenn eine der Kugeln ihre Flügel durchschlagen hatte, waren sie in kleinen, konzentrischen Kreisen zu Boden getrudelt wie Blätter im Herbst, und manchmal hatten sie dabei ausgesehen, als hätten sie zum Sterben alle Zeit.

Während Rosa die Fliesen am Fuß der Treppe schrubbte, dachte sie an das Patschen des Luftdruckgewehrs, das für sie wie das Geräusch von einem Spielzeug geklungen hatte, an Hans' verkniffenes Gesicht und die Aufmerksamkeit in seinem Ausdruck, an die Spiralen, die die kleinen Körper der Vögel durch die Luft gezogen hatten. Der Geruch der Bleiche tat Rosa in der Nase weh. Ihre Schleimhäute fühlten sich trocken an und brannten. Die Hände in den gelben Handschuhen waren feucht.

Allein in diesem Sommer hatte Rosa zwei Dutzend Spatzen im Müll entsorgt. Viele davon hatten dabei noch geatmet, ein rasches, unregelmäßiges Heben und Senken der fragilen Brustkörbe. Sie musste jedes Mal die Luft anhalten, wenn sie den Deckel der schwarzen Tonne anhob, der Geruch von Verwesung war nicht auszuhalten.

Rosa goss ein letztes Mal etwas Bleiche über den Boden, verteilte die ätzend riechende Flüssigkeit mit der Bürste und schrubbte, dann nahm sie den Fetzen und wischte die Fliesen trocken. Sie richtete sich auf. Ihr Blick fiel auf die Reihe von Haken, die an der Hintertür montiert waren, alle leer bis auf einen, an dem Hans' orangefarbene Signaljacke hing, die er zum Jagen getragen hatte.

Sie stand vorsichtig auf, eine Hand auf das Knie gestützt, und brachte die Bleiche in die Küche. Eine Zeit lang stand sie vor dem Spülbecken und starrte in den Abfluss, als ließe sich daraus irgendeine Lösung hervorziehen wie ein Büschel Haare. Sie hatte die Handschuhe anbehalten, Rosa war noch nicht fertig. Aber der zweite Teil, die oberen Räume des Hauses, raubte ihr nur beim Gedanken daran jegliche Kraft. Sie hob den Kopf und sah aus dem Fenster. Der Himmel war bedeckt und erdrückend, die Hecke regungslos. Rosa drehte sich um, ihr Blick fiel auf die Uhr über der Tür. Es war kurz nach neun Uhr morgens.

*

Milo wählte einen Parkplatz an der Seite des Ladens. Eine Zeit lang saß er nur so da und starrte die Fassade aus Sichtbeton an, die einen ähnlichen Farbton wie der Himmel hatte. Ein Ruck ging durch seinen Körper, er wandte den Kopf nach links. Ein Mann verließ den Laden, in seinen Händen hielt er Papiere. Ohne aufzusehen schlenderte er auf einen grauen Kombi zu, der unter einem der kleinen Bäume stand, die irgendein Zyniker zu lebenslanger Haft auf einem öden Parkplatz am Rande der Provinzhauptstadt verdammt hatte. Milo dachte an Rosas Schenkel und die eigentümliche Art, wie sie ihn umfingen, an ihr Becken, das sich seinem entgegendrängte, so durstig war sie immer, eine Wüste, eine Oase, eine Wüste, stets beides gleichzeitig. Er hatte nicht mit dieser Lust gerechnet, diesem Reichtum, er dachte an die vielen Worte, die aus ihrem Mund hervorgedrungen waren. Wie Wasser hatten sie einen Weg in sein Herz gefunden, Kondenstropfen, die dort hängen geblieben waren, in einer Höhle, von deren Größe er keine Vorstellung gehabt hatte. Nur Wasser findet immer einen Weg. Er dachte an diese Frau, die nur er kannte, die an seiner Seite zu dem wurde, was sie durch ihn war, nur für ihn. An seine Hand, die vorfuhr, in ihr Gesicht. Noch im Schlag hatte es sich zu einfach angefühlt, zu leicht.

Milo warf einen Blick auf die Uhr seines Armaturenbrettes,

es war kurz nach zehn. Der Parkplatz des Installationsbedarfs war an diesem Montagmorgen beinahe leer. Wie lange Milo dort schon im Auto saß und den Verkehr beobachtete, wusste er nicht. Er hatte Rosa geschlagen, und nun lag eine Leiche in seinem Kofferraum. Diese beiden Dinge mussten miteinander zu tun haben, auch wenn er den Zusammenhang nicht verstand.

Milo startete seinen Wagen und fuhr zur Ausfahrt des Parkplatzes. Er setzte den rechten Blinker und bog in die Mariazellerstraße ein.

*

Rosa ließ ihren Blick über den Boden vor der Treppe gleiten, aber da war nichts mehr, nur der scharfe Geruch der Bleiche. Sie drehte das Licht wieder ab, obwohl es in diesem Teil des Hauses den ganzen Tag über düster war. Einzig die orangefarbene Weste leuchtete an der Tür. Langsam stieg sie in das obere Stockwerk. Die Tür zum Badezimmer war angelehnt. Hans hatte die Klinke herausgerissen, sie lag auf dem Boden des Ganges. Rosa hob sie auf und wog sie in ihren behandschuhten Händen, bevor sie die Tür ganz aufschob. Die Handtücher hingen ordentlich über den Halterungen. Ihr zerrissenes Nachthemd lag zusammengeknüllt auf dem Badvorleger, daneben Hans' Zahnbürste. Der Zahnputzbecher lag im Waschbecken, gemeinsam mit ihrer Zahnbürste. Der Duschvorhang der Badewanne war zur Hälfte heruntergerissen. Rosa bückte sich nach der Zahnbürste ihres Mannes und steckte sie gemeinsam mit ihrer eigenen in den Becher, den sie zurück an seinen Platz vor den Spiegel stellte. Einige Sekunden lang betrachtete sie die Zahnbürsten. Ihre Hand fuhr vor, um seine wieder herauszuziehen, aber dann hielt sie inne. Sie wusste nicht, wie lange es der Anstand gebot, diese Dinge zu belassen. Sie bückte sich nach dem Nachthemd und schüttelte es aus. Da war ein Blutfleck. Würde jemandem auffallen, dass ihre Nase heute geschwollen war? Sie warf einen prüfenden Blick in den Spiegel, aber die Person, die ihr daraus entgegenblickte, kannte sie nicht. Rosa knüllte das am Kragen zerrissene Nachthemd zusammen und warf es mit der Klinke in den Mistkübel. Sie stieg auf den Hocker und fädelte den teils heruntergerissenen Duschvorhang aus den letzten Ringen. Erst jetzt spürte sie die Folgen der Nacht, die Rippen taten empfindlich weh, als sie sich streckte. Auf dem Vorhang waren kleine, weiße Margariten und Rosas Blut. Sie faltete den Vorhang ordentlich zusammen, darauf bedacht, dass die Seite mit dem Blut innen war. Den Badvorleger warf sie in den Korb für Schmutzwäsche, den Mistkübel und den Duschvorhang brachte sie in den Gang. Ein letztes Mal sah sie sich im Bad um, drehte das Licht ab und zog die Tür, so gut es ohne Klinke ging, hinter sich zu.

Sie wandte ihren Kopf nach links. Da waren zwei Türen auf der rechten Seite des Ganges, leere Zimmer, eigentlich als Kinderzimmer gedacht, aber Rosas Ehe war kinderlos geblieben. Ein Umstand, für den ihr Hans die Schuld gegeben hatte, obwohl die Ärzte meinten, dass mit ihr alles in Ordnung wäre. Ihr Zyklus war sehr regelmäßig und unauffällig, auch jetzt, mit 43. Hans hatte sich nie untersuchen lassen.

Rosa ging den Gang entlang, bis sie vor der offenen Tür des Schlafzimmers stand. Das Bett zerwühlt, Decken und Polster auf dem Boden. Einer ihrer Pantoffeln war bei der Tür, der andere neben dem Bett. Ihr Buch lag auf dem Bauch neben dem Nachtkästchen in der Ecke, die Lampe daneben. Der Lampenschirm war zerbrochen. Die Topfpflanze war vom Fensterbrett gefallen, Erde und Tonscherben, dazwischen weiße Wurzeln und ein paar schon welk aussehende, grünviolette Blätter. Rosa stand reglos in der Tür. Sie lauschte den Geräuschen außerhalb des Hauses, ungläubig, dass es dort draußen noch eine Welt gab.

Als sie wieder zu sich kam, war das Licht im Raum heller geworden. Die Unordnung war immer noch da. Es würde keiner kommen und sie wegmachen, also trat Rosa vor und bückte sich nach einem der Kissen.

Sie brachte die zerbrochene Lampe, den Mistkübel aus dem Bad und den Duschvorhang in die Küche, bevor sie noch einmal nach oben ging, die Bettwäsche wechselte, Decken und Polster ordnete und die blau-weiß-graue, von ihr selbst gehäkelte Tagesdecke über das Bett zog. Sie schloss die Tür zum Schlafzimmer und machte Licht im Gang. Am Treppenabsatz ging sie wieder in die Hocke und begann akribisch, als würde sie ein besonders kompliziertes Muster häkeln, den Boden nach Blut abzusuchen. Sie fand drei kleine Tropfen zwischen Badezimmer und Treppe. Das Blut war angetrocknet und dunkel, es sah aus wie Dreck. Die nächste Stunde verbrachte sie damit, die Türen, die Fliesen im Gang und jede Stufe der Treppe genauestens zu untersuchen und zu reinigen. Als sie damit fertig war, ging sie zurück in die Küche, zog sich die Handschuhe von den Fingern und warf sie in den Mistkübel aus dem Bad. Dann schlichtete sie den Duschvorhang, den Mistkübel und die kaputte Nachttischlampe in einen Umzugskarton, beschriftete ihn mit ‚Zeitschriften Hans‘ und sammelte aus dem ganzen Haus Jagdzeitschriften und Automagazine zusammen, die sie zuoberst auf die Sachen in den Karton legte. Sie verließ das Haus mit dem Karton in beiden Armen durch die Hintertür und brachte ihn in das Gartenhaus. Es war sehr warm draußen, beinahe tropisch, die Luft dick und träge. Im Gartenhaus befanden sich viele solcher Kartonkisten. Bis Rosa wusste, was sie mit dieser einen machen würde, war sie dort gut aufgehoben.

*

Auf der Südautobahn gab es Stau. Milo stand seit mehr als einer Stunde vor der Laßnitzhöhe, die Sonne brannte auf die Fahrzeuge herunter, ihre Strahlen wurden von den Karosserien zurückgeworfen und blendeten ihn. Er lehnte seinen Kopf an die Nackenstütze und schloss die Augen. Bis vor Kurzem war er sehr nervös gewesen, aber die Nervosität hatte sich im selben Moment gelegt, als er gesehen hatte, dass die Autos vor ihm die Warnblinkanlagen einschalteten und langsamer wurden. Schon als er ausgekuppelt hatte, um seinen Wagen anzuhalten, hatte er sich besser gefühlt. Im Radio sagten sie, es hätte einen Unfall gegeben, ein übermüdeter Mann wäre am Steuer eingeschlafen. Vor Milo war ein Auto mit niederländischem Kennzeichen, darin eine Familie. Hinten links ein etwa 14-jähriges Mädchen, rechts eine Frau, vermutlich die Mutter. Der Sohn, der über die Gestik eines beinahe erwachsenen Mannes verfügte, saß vorne neben dem Vater. Im Verlauf der vergangenen Stunde war der Vater zweimal aus dem Auto gestiegen, um eine Zigarette zu rauchen. Beide Male hatte er sich zuerst mit dem Rücken an die Fahrertür gelehnt, bevor er sich umdrehte und seine Arme auf dem Dach verschränkte. Er hatte sich kein einziges Mal nach den Menschen in den anderen Autos umgesehen und deshalb nicht bemerkt, dass er beobachtet worden war. Als glaubte der Mann, er wäre unsichtbar oder hätte hier irgendeine Art von Privatsphäre. Milo dachte an den vergangenen Winter, an die Enge der Fahrerkabine seines alten Autos, an die Suche nach der richtigen Position für Rosa und sich selbst, und nie hatten sie eine gefunden, lange, kalte Monate nicht. Die Angst, entdeckt zu werden, hatte ihr Übriges getan. Milo legte die Hände aufs Lenkrad und wandte den Kopf. In einem roten Kleinwagen älteren Baujahres saß eine junge Frau. Sie telefonierte ununterbrochen und wirkte aufgeregt, als hätte sie es eilig. Auf ihrem Schoß lag ein Filofax, in dem sie herumblätterte. Ein Teil ihrer Haare war über dem Ohr abrasiert, an dieser Stelle war sie tätowiert. Sie konnte nicht älter als 20 sein. Milo zwang sich, von der Frau wegzusehen. Die Beifahrertür des Niederländers öffnete sich, der Junge stieg aus, öffnete den Kofferraum und begann darin herumzukramen, bis er die Spielkonsole gefunden hatte. Gerade als er die Beifahrertür hinter sich zugezogen hatte, starteten die ersten Autos, und die Kolonne setzte sich langsam in Bewegung. Milo griff nach dem Schlüssel. Er legte den ersten Gang ein und ließ die Kupplung kommen.

*

Sie hörte Helikopter über die Ortschaft hinwegfliegen. Das unheilvolle Geräusch, das Rosa mit Krieg und Katastrophen verband, ließ sie aus dem Fenster in den Himmel blicken. Sie war etwas gefragt worden, also antwortete sie: „Seit gestern Mittag."

Ihre Finger spielten mit einem angerotzten Taschentuch. Rosa sah auf ihre Hände im Schoß. Das Geräusch der Helikopter verklang.

„Verstehe", antwortete der junge Polizist langsam. Er wandte den Blick nicht vom Bildschirm, seine Hand mit der Maus fuhr über das Mousepad. Er klickte und klickte, dann fragte er: „Ist das schon mal vorgekommen?"

Rosa nickte. Der Polizist war neu im Revier. Er war nicht aus Hinterbach, sonst hätte sie ihn gekannt. So wie er sprach, schien er aus der Stadt zu kommen. Günther, der diese Sachen normalerweise aufnahm, war nicht da.

„Ja", antwortete Rosa, „schon öfters."

Sie schluchzte leise, der Polizist unterbrach seine Arbeit und reichte ihr ein Päckchen Taschentücher über den Tisch.

„Machen Sie sich keine Sorgen", sagte er, „in den meisten Fällen tauchen sie wieder auf."

Rosa blickte zur Seite. Vor dem Fenster bewegten sich die Äste einer Birke hin und her. Sie zog ein Taschentuch aus dem Päckchen, schnäuzte sich und knüllte es mit dem schon gebrauchten in ihrem Schoß zusammen.

„Hoffentlich", sagte sie leise, ohne den Blick von den sich wiegenden Ästen des Baumes zu nehmen.

Als Rosa die kleine Polizeistation verließ, begann es zu regnen. Große Tropfen zerplatzten auf dem Gehsteig, färbten ihn dunkel, bis aus dem Muster eine glänzende Fläche wurde. Rosa öffnete den Schirm und ging los. Autos fuhren an ihr vorbei, sie hielt sich am äußeren Rand des Gehsteiges, um nicht nass gespritzt zu werden. An der Brücke bog sie rechts auf den Fußweg ab und folgte dem Fluss.

Das Haus ihrer Mutter war das letzte, bevor der Weg in den Wald führte. Sie öffnete die Gartentür, die Tür quietschte. Rosas Gelassenheit fiel von ihr ab, je näher sie dem Haus kam. Sie sagte sich, dass es nichts mehr gab, was sie tun konnte, sie konnte nur warten, ruhig bleiben und sich so verhalten, wie man es von einer Frau erwartete, deren Ehemann seit einem Tag abgängig war. Ein Ehemann, der ein ortsbekannter Alkoholiker gewesen war und stets davon geredet hatte, einmal alles liegen und stehen zu lassen, um nach Spanien abzuhauen, wo Wein und Wetter besser und die Frauen höriger waren.

Rosa ging über die Waschbetonplatten zum Hintereingang des Hauses. In den Ritzen zwischen den Platten wuchs Unkraut, das Haus war dunkel. Sie stieg die Treppe hoch, schloss den Regenschirm, schüttelte ihn aus und legte ihn auf dem Tisch unter der Markise ab. Durch die Terrassentür war niemand in der Küche zu sehen. Rosa zog einen Schlüsselbund aus der Tasche, entsperrte die Terrassentür und betrat das Haus. Die Küche sah immer noch so aus wie früher, die Anordnung der Möbel unverändert, bloß hatten sie ganz am Anfang andere Küchenkästen gehabt, auch die Arbeitsfläche war eine andere gewesen. Rosa sah sich um. Zum ersten Mal nahm sie Abnutzungserscheinungen wahr, Stücke, die aus dem Resopal gebrochen waren, eine der gemusterten, beigebraunen Fliesen hatte einen sternförmigen Sprung.

„Mama?"

Rosa hörte das Ticken der Standuhr im Wohnzimmer, hielt einen Moment den Atem an und lauschte. Sie wand sich aus der Weste, hängte sie über die Lehne eines Stuhls und trat in den dämmrigen Gang. Ihr Blick fuhr über die Fotos an der Wand. Im Wohnzimmer war es still. Rosa kam an die Treppe, der Treppenlift war oben. Sie stieg in den ersten Stock, die Schlafzimmertür war angelehnt.

„Mutti", Rosa setzte sich auf den Rand des Bettes. Sie legte der Mutter eine Hand auf die Schulter, langsam machte die alte Frau die Augen auf.

„Was?", die Mutter zwinkerte zweimal, „bist du schon lange da?"

„Nein."

Die alte Frau setzte sich auf. Sie trug einen Rock mit Bundfalte, der ihr bis über den Bauchnabel gerutscht war, und ein durchsichtiges Unterhemd. Sie roch sauer. Rosa konnte die schlaffen Brüste durch den Stoff sehen und fragte sich, wann die Mutter das letzte Mal geduscht hatte.

„Regnet es?"

„Ja."

Rosa erhob sich und griff nach der Gehhilfe, die neben dem Bett stand.

„Ist er wieder da?"

„Nein."

„Warst du schon bei der Polizei?"

„Von da komme ich", sagte Rosa und reichte der Mutter die Bluse, die über der Stuhllehne gehangen hatte. Die Mutter zog sich die Bluse umständlich an, dann knöpfte sie sie falsch zu.

„Soll ich das machen?"

„Ich kann das noch."

Rosas Finger malte unsichtbare Schnörkel auf das Holz des Küchentisches.

„Machst du dir Sorgen?", fragte die Mutter, sie öffnete den Kasten über der Spüle und zog Teebeutel hervor. Das Wasser im Wasserkocher begann zu sprudeln, es klickte, als sich das Gerät abschaltete.

„Ja", sagte Rosa und malte noch einen Schnörkel, dann legte sie die Hände übereinander und sah aus dem Fenster in den Garten.

„Er taucht schon wieder auf", die Mutter goss Wasser in zwei Tassen, „er ist doch immer noch aufgetaucht."

„Bestimmt", antwortete Rosa langsam.

„Oder vielleicht auch nicht." Die alte Frau stellte den Wasserkocher wieder an seinen Platz.

„Mama“, sagte Rosa traurig und blickte wieder auf ihre Hände. Ihr Hals wurde eng.

„Du weißt, wie ich das meine. Du kannst nicht immer aus allem so ein Drama machen.“

Mit zitternder Stimme sagte Rosa: „Das ist nicht so leicht“, dann begann sie zu weinen.

*

Milo blickte in den Rückspiegel, setzte den Blinker und überholte einen Sattelschlepper. Seit er aus dem Stau raus war, hatte die Nervosität wieder angefangen, sie kam in Wellen, eine höher als die andere. Milo musste tanken, aber er wollte nicht stehen bleiben. Stehen zu bleiben war riskant. Er beschloss, erst in Slowenien zu tanken, als er ein Schild passierte: Die letzte Raststation vor der Grenze war in fünf Kilometern. Noch während Milo die Abfahrt herankommen sah, hielt er an seinem ursprünglichen Vorhaben fest, doch dann fuhr er ab.

Auf der Tankstelle war nicht viel los, was Milo seltsam fand. Die Autobahn war vor allem zur Sommerzeit stark frequentiert, wenn die Leute nach Kroatien auf Urlaub fuhren. Milo wählte die äußerste Tanksäule, stellte den Motor ab und stieg langsam aus. Es war heiß. Auf der Autobahn rasten Autos und Lkw vorbei, ein sirrendes, konstantes Geräusch von Geschwindigkeit, das nicht abriss. Er ging um den Wagen herum, öffnete den Tankdeckel und steckte den Tankrüssel in die Öffnung. Das vertraute Brummen der Pumpe ging los, er sah den digitalen Ziffern dabei zu, wie sie Cent und Euro, wie sie Liter abzählten. Als der Tank voll war, öffnete Milo die Tür zum Beifahrersitz, beugte sich vor und zog den Schlüssel ab. Er schloss die Tür wieder und drückte den Knopf für die Zentralverriegelung, es klickte, und Milo vergewisserte sich, dass auch wirklich abgesperrt war. Er vermied es, in Richtung der überdachten Ladefläche zu blicken.

Milo ging über den Asphalt auf die Tür des Tankstellenladens zu, sein Herzschlag beschleunigte sich. Die Glastür schob sich auf, er betrat den klimatisierten Verkaufsraum und sah sich um. Chipstüten, Energydrinks, eine Zeitungswand, die bestimmten Zeitschriften ganz oben, hinter einer Sichtblende, Kondome, Tütensuppen, CDs mit Volksmusik, Straßenkarten, Wasser, Schnapsfläschchen. Es gab einen Bereich neben der Kassa, wo belegte Brote und Kaffee verkauft wurden, und Milo begriff, wie hungrig er war. Seit gestern Abend hatte er nicht mehr gegessen, die letzte Mahlzeit ein Gulasch aus der Dose und ein Bier. Hinter der Kassa stand eine blonde, ältere Frau, sie sah müde aus und hatte die Haare zu einem lieblosen Zopf geflochten.

„Die Acht", Milo nickte aus der Scheibe zu seinem Auto.

„Der Hilux?", fragte die Frau, „85,60", sagte sie und tippte den Betrag in die Kassa, „sind Sie zufrieden mit dem Auto? Mein Mann möchte auch so einen."

Verständnislos sah er auf. Aus ihren Augen sprach Neugier.

„Wir wohnen so weit draußen. Im Winter räumen sie die Straßen nicht regelmäßig", fügte sie hinzu. Milo sah zu seinem Auto.

„Er ist doch gut auf Schnee, oder nicht?"

„So lange habe ich ihn noch nicht."

Milo wählte zwei Salamibaguettes, dazu bestellte er einen Kaffee, schwarz und ohne Zucker. Die Frau griff in die

Vitrine, zog die Brote heraus und steckte sie in eine Papiertüte, sie drückte einen Knopf auf der Kaffeemaschine, die Maschine spuckte einen Becher aus und begann, ihn mit einer bräunlichen Flüssigkeit zu füllen. Milos Blick fiel auf die Zigaretten. Er hatte das Rauchen vor fünf Jahren aufgegeben, aber plötzlich war sein Verlangen so groß, dass sein Mund trocken wurde. Die Frau nahm den Pappbecher aus der Maschine und tat einen Plastikdeckel darauf.

„Zigaretten noch", sagte Milo, ohne zu überlegen, als sie den Kaffee bonierte, „und ein Feuerzeug."

„Welche?", die Frau drehte sich nach dem Regal um.

„Rote Marlboro."

„Feuerzeug können Sie sich aussuchen." Sie nickte zu einem Pappständer neben der Kassa. Milo wählte ein gelbes. Sie hielt die Zigarettenpackung vor das Lesegerät, es piepste, der Betrag erhöhte sich. Milo reichte ihr einen 100-Euro-Schein. Mit einem „Pling" sprang die Kassa auf, die Frau stoppte sie mit der Hüfte und zählte das Wechselgeld in Milos Hand.

„Schönen Urlaub", sagte sie, ohne ihn anzusehen, dann drehte sie sich um und ging.

Als er wieder im Wagen saß, spürte er, wie feucht seine Achselhaare waren. Er griff unter sein T-Shirt und fuhr sich mit der flachen Hand über sein dichtes, mittlerweile angegrautes Brusthaar. Milo startete den Wagen und lenkte ihn aus der Tankstelle, aber bevor er auf die Autobahn auffuhr, blieb er noch einmal auf dem beinahe leeren Parkplatz stehen. Er wickelte das Zellophan von den Marlboro, zog die silberfarbene Papierlasche aus der Packung und roch an den Zigaretten, die geordnet in der Kartonhülle steckten. Sie rochen gut, nichts an ihrem Geruch deutete auf das Gift hin. Milo ließ das Fenster herunter, steckte eine Zigarette zwischen seine Lippen und zündete sie an. Er inhalierte und musste husten, schlechter Geschmack breitete sich in seinem Mund aus. Ihm wurde schwindlig, vor seinen Augen erschienen bunte Tupfer, die immer größer wurden und ihm die Sicht raubten, einen Moment lang hatte er Angst, er würde das Bewusstsein verlieren. Er sah die Autobahn, ein Wagen fuhr rechts an ihm vorbei, beschleunigte, ordnete sich in den Verkehr ein. Sein Herz schlug unangenehm schnell, er zog noch einmal an der Zigarette, obwohl ihm übel war. Um den Geschmack zu vertreiben, nahm er einen Schluck Kaffee, der ihm die Zunge verbrannte. Milo schnippte die beinahe ungerauchte Zigarette aus dem Fenster und fuhr auf die Autobahn auf. Zwei Kilometer weiter zündete er sich noch eine an. Sie schmeckte immer noch schlecht, aber Milo rauchte, bis der Filter heiß wurde. Seinen Hunger hatte er vergessen.

*

„Hast du ihn schon angerufen?“, fragte die Mutter und verschränkte die Arme vor ihrer Brust. Sie klang forsch, so als hätte Rosa noch gar nicht daran gedacht.

„Sein Handy ist in der Reparatur“, schluchzte Rosa, „er hat kein Ersatzhandy. Das, das sie ihm angeboten haben, wollte er nicht.“

„Sieht ihm ähnlich. Und der Milo? Vielleicht weiß der was. Hast du es bei ihm probiert?“ Rosa wischte mit beiden Händen die Tränen von den Wangen.

„Der hat nicht abgehoben.“

„Ich hab Milos Auto heute noch gesehen.“

Rosas Herz begann zu klopfen. In ihrem linken Ohr setzte ein hohes Summen ein.

„Er ist hier vorbeigefahren“, sagte die Mutter, „er hat ausgeschaut, als hätte er es eilig.“

„Vielleicht die Arbeit“, entgegnete Rosa zu vorsichtig. Sie richtete sich auf. Sie durfte nicht vorsichtig sein. Sie musste gelassen sein, oder zumindest nur so aufgeregt, wie es sich für eine Frau gehörte, deren Mann abgängig war, zwar nicht zum ersten Mal, aber eben abgängig. In diesem Moment begann es in ihrer Tasche zu läuten.

„Na geh“, sagte die Mutter, „vielleicht ist er das sogar, der Hans.“

Unterhalb von Rosas Kehle begann ein Flattern, als sie in

ihrer Tasche nach dem Handy wühlte. Sie zog es hervor, die Nummer war ihr unbekannt, rasch hob sie ab und sagte: „Gerber?“, es klang gehetzt und dünn.

„Ich bin’s, Günther.“

Rosa war plötzlich erleichtert, obwohl es dafür keinen Grund gab. Das Flattern hörte auf.

„Ist er aufgetaucht?“

Im Hintergrund hörte Rosa ein Telefon klingeln.

„Nein“, sagte sie.

„Tut mir leid, dass ich heut nicht da war. Der Neue kennt sich noch nicht so aus.“

„Macht nichts.“

„Rührst dich, wenn er sich meldet, ja?“

„Sicher“, Rosa stützte die Stirn auf ihre Faust.

„Der alte Trottel kommt sicher bald heim“, sagte Günther, „so wie die vergangenen Male. Und dann wirst du dich ärgern, dass er dir wieder auf die Nerven geht. Wirst sehen.“

Rosa lachte, erneut spürte sie Tränen in ihren Augenwinkeln.

„Danke“, sagte sie mit belegter Stimme, in ihrem Mund war plötzlich viel zu viel Speichel, Rosa schluckte, aber er wurde nicht weniger.

Sie legte auf. Lange blieb es still in der Küche, bis auf Rosas Schluchzen und das Ticken der Uhr. Die Mutter nahm einen Schluck Tee und sah aus dem Fenster, sah dem Regen dabei zu, wie er auf ihre Terrasse fiel, auf ihren Rasen, wie er in den Fluss fiel und fortgetragen wurde. Ihr fiel nichts ein, was sie der Tochter hätte sagen können, also schwieg sie.

*

Am Horizont, auf der slowenischen Seite, türmten sich hohe Wolken. Sie ließen Milo an den Tag denken, an dem er das erste Mal mit Rosa oben im Wald geschlafen hatte. Er wischte den Gedanken beiseite und überholte ein Auto, kontrollierte die Geschwindigkeit, sah, dass er zu schnell war, und stieg auf die Bremse. Bis auf die Wolken im Osten war der Himmel von einem surrealen Blau. Die vergangenen Tage waren so heiß gewesen, das Land hatte unter der Hitze vor sich hin gedämmert, wie ein müdes, großes Tier. Vielleicht war es deswegen geschehen.

Er passierte eine Geschwindigkeitsbegrenzung und wurde langsamer, zuerst 100, dann 80, dann 60 Stundenkilometer. Der Grenzübergang lag vor ihm. Rechts in der Spur vom Zollamt standen mehrere Lkw hintereinander. Milos Handflächen wurden wieder feucht. Kein Mensch, nirgendwo. Der Grenzübergang offen und leer. Das Windspiel über der Station bewegungslos, die Männchen auf dem gelben Gestänge festgefroren im Sprung nach bunten Bällen und Kreiseln. Er bremste auf 50 herunter, auf 40 und entschied sich für die Spur in der Mitte, über der ‚EU' stand. Langsam fuhr er in den Schatten der überdachten Station, an leeren Hütten vorbei, in denen einst Grenzbeamte gesessen waren. Er beschleunigte, nachdem er die Hütten passiert hatte, ein silbernes Sportcoupé überholte ihn, das junge Pärchen darin sah wohlhabend aus, sie stritten sich offenbar. Er fuhr an einem großen, in den Hügel gegrabenen Parkplatz vorbei, den man der Natur abgerungen hatte. Am linken Rand des Parkplatzes drängten sich zwei kleine Häuser aneinander, er sah ein Schild, das für Grillhuhn und Wurst warb, das Schild war alt und mitgenommen. Rechts von der Straße, im Schatten eines weiteren Hügels, ein längliches, kleines Gebäude, ehemals der Duty-Free-Shop. Milo hatte das Gefühl, er würde sich nicht vorwärtsbewegen, sein Blick flirrte zur Geschwindigkeitsanzeige, doch er fuhr knapp über 50. Ein Schweißtropfen löste sich von seiner Nasenspitze, und Milo erschrak. Er griff zur Seite, nahm sein Hemd vom Beifahrersitz und wischte sich über das Gesicht. Sein Hals war zu eng geworden für all die Röhren und Adern darin, Atmen bereitete Mühe. Er fuhr am Duty-Free-Gebäude vorbei, ein kleines Mädchen in rosa-roten Shorts lief wie in Zeitlupe über den Parkplatz. Plötzlich begriff Milo, wie dringend er aufs Klo musste. Er konnte hier nicht mehr stehen bleiben. Die slowenische Seite der Grenze war in Sicht, sein Wagen zu auffällig, ein massiver, schwarzer Pick-up mit Verschalung über der Ladefläche, wenn er auf der engen Straße in diesem staatenlosen Raum eine Kehrtwende hinlegte, würde das auffallen. Musste das auffallen. Ihm würde das auffallen. Er atmete langsam und gezwungen durch den Mund aus. Der Drang, sich hier und jetzt in die Hosen zu machen, verschwand so schnell, wie er gekommen war. Der Grenzübergang kam näher, doch diesmal standen Männer bei den verglasten Hütten. Jeder

seiner Muskeln verkrampfte sich, sein Magen war zu einem kleinen, brennenden Ball in seiner Leibesmitte geworden, der jegliche Luft aus seinen Lungen zu pressen drohte. Sein Herzschlag tat weh, ein regelmäßiges Stechen, das in seinen Hals ausstrahlte. 2007 waren die Personenkontrollen zwischen Slowenien und Österreich abgeschafft worden – warum standen uniformierte Männer bei den Hütten? Sein Hirn war nutzlos geworden, alle Gedanken galten der Leiche in seinem Kofferraum. Milo griff nach seinem Pass, den er in der Öffnung über dem Radiogerät abgelegt hatte, und rollte in die linke Spur. Vor ihm war eine dunkelgrüne Limousine mit slowenischem Kennzeichen. Er hielt hinter dem Wagen, beobachtete, wie der Beamte in Uniform – eine Polizeiuniform – die Pässe öffnete, sich kurz zur Seite neigte, in den Wagen sah und die Dokumente zurückgab. Der Beamte winkte den Wagen weiter und bedeutete Milo mit dem Zeigefinger, näher zu kommen.
Milo ließ das Fenster hinunter.

„Dober dan", sagte der Beamte, und Milo erwiderte den Gruß, überrascht, dass er ein Wort herausbrachte. Das Stechen in seiner Brust ließ ihn kaum atmen.

„Wir führen heute Routinekontrollen durch. Ausweis bitte."
Milo reichte seinen Pass aus dem Fenster, seine Hände zitterten nicht. Innerlich fühlte er sich als wäre jede seiner Zellen in Bewegung. Wenn sie ihn jetzt erwischten, dann würden sie ihn vermutlich nach Maribor ins Gefängnis bringen. Ein Auslieferungsverfahren würde ins Rollen kommen,

so etwas konnte Monate dauern. Vielleicht würde er in Slowenien ins Gefängnis gehen, immerhin war er bis zu seinem 15. Lebensjahr Slowene gewesen. Wie lange saß man für Beihilfe zu Mord? War es überhaupt Beihilfe? War es Mord?

Der Beamte öffnete den Pass, suchte nach der Seite mit dem Bild, fand sie, betrachtete das Foto einen Augenblick lang, dann sah er Milo ins Gesicht.

„Österreicher", sagte der Beamte. Sein Kollege in der Hütte antwortete etwas Unverständliches. Der Polizist klappte Milos Dokument zu und reichte es zurück durch das Fenster. Er beugte sich zur Seite, um einen Blick auf Milos Windschutzscheibe zu werfen. Mit dem Zeigefinger deutete er darauf, „Vignette", sagte er zu Milo.

„Wie bitte?"

„Sie brauchen eine Vignette", sagte der Polizist, sein Akzent war kaum hörbar, „wir haben Vignettenpflicht für unsere Autobahnen."

Milo entfuhr ein keuchendes Geräusch. Der Polizist lächelte und schüttelte den Kopf. „Versteh ich auch nicht", sagte er, „da bauen sie um teures Geld die Mautstationen, und zwei Jahre später führen die Idioten Vignetten ein. Das ist Slowenien."

„Ja", sagte Milo. Er legte den ersten Gang ein, als er wieder hochsah, erkannte er eine Regung im Gesicht des übergewichtigen Beamten, eine Ahnung, wie sie Menschen manches Mal eben haben, diffus, noch nicht stark genug, um sich zu einem Verdacht zu manifestieren. Der Mann in der Hütte sagte wieder etwas, aber der Beamte, der den Pass kontrolliert hatte, reagierte nicht. Stattdessen neigte er den Kopf und sah durch das hintere Fenster in Milos Wagen, eine Sekunde lang, eine zweite. In Milos Kopf explodierte gleißende Panik. Der Blick des Beamten fuhr weiter, an der Verdeckung der Ladefläche entlang. Vor Milos Augen begann die Luft zu flimmern, weiße, kleine Blitze, die sein Sichtfeld zersetzten. Dann sah er, wie der Mann langsam seine rechte Hand hob und diese wischende Bewegung machte, die Milo signalisierte, dass er weiterfahren sollte.

„Hvala“, sagte er leise zu dem Polizisten, er ließ die Kupplung kommen, der Wagen setzte sich in Bewegung. Vorsichtig stieg er aufs Gas. Zehn Stundenkilometer, 25, 40. Im Rückspiegel wurde die Grenzstation kleiner. Er sah, dass der Polizist ihm nachblickte, als ein weiteres Auto neben dem Beamten hielt. Milo passierte ein blaues Schild mit einem gelben Sternenkreis. Darin der Name des Landes: Slowenien.

Er hielt drei Kilometer weiter an einer Tankstelle. Die Welt kam ihm vor wie in einem Traum. Der Boden schien unter seinen Füßen nachzugeben, wie in einer Gummizelle, die Geräusche klangen gedämpft. Als er an die Kassa trat und nach einer Vignette verlangte, hatte er das Gefühl, sich selbst von außen zu beobachten. Er hörte seine eigene Stimme, was Milo über die Maßen irritierte, ein seltsames, gebrochenes Echo. Die Hitze erschlug ihn, auf dem Weg zurück zu seinem Auto wäre er beinahe gestürzt, als eines seiner Knie aus einem ihm unerfindlichen Grund nachgab. Das Stechen in der Brust hatte nachgelassen, hatte seine scharfen Kanten verloren und war einem weichen, immer noch unangenehmen Drücken gewichen. Er setzte sich in seinen Wagen und befestigte die Vignette unter dem Rückspiegel. Er wollte den Schlüssel drehen, doch plötzlich war er sich sicher, dass jede Sekunde Polizeiautos mit Blaulicht und Sirenen von allen Seiten in die Tankstelle einfahren würden. Die Sekunden vergingen. Nichts geschah. Milo startete den Wagen. Als er aufsah, landete ein Spatz neben der überfüllten Mülltonne bei den Toiletten.

*

Sie lag mit geschlossenen Augen und auf der Brust gefalteten Händen auf dem Sofa und versuchte sich zu erinnern. Gestern Abend war sie vor dem Fernseher gesessen und hatte gehäkelt. Sie hatte eine Serie gesehen, die sie sehr gerne mochte, darin ging es um eine Polizistin, die aufgrund ihrer herausragend raschen Kombinationsfähigkeit Mordfälle löste. Meist fiel ihr die Lösung ein, wenn sie etwas Alltägliches tat, wenn sie etwa nach dem Duschen vor dem beschlagenen Badezimmerspiegel stand und mit der Hand den Dampf abwischte, um sich sehen zu können. Rosa öffnete die Augen und starrte an den Plafond des Wohnzimmers ihrer Mutter. Gestern Abend hatte sie sich nicht auf die Serie konzentrieren können. Sie hatte darauf gewartet, dass Milo anrief, den sie in ihrem Handy unter ‚Susanne Arbeit' eingespeichert hatte. Sie hatte darüber nachgedacht, was am Donnerstag zwischen ihnen im Wald geschehen war. Ob es alles zerstört hatte. In ihrer Welt gehörten hässliche Worte oder Schläge genauso zu einer Beziehung wie der Umstand, dass man miteinander aß. Wenn Milo anrief, hatte Rosa gedacht, würde sie ihm das sagen. Sie würde ihm sagen, dass ihr der Schlag nichts ausgemacht hatte. Sie würde sich entschuldigen, für das, was sie gesagt hatte. Aber Milo hatte nicht angerufen.

Rosa schloss die Augen wieder. In der Küche hörte sie die Mutter mit der Gehhilfe herumwandern. Das Rauschen des Regens hatte aufgehört, aber als Rosa nach draußen sah, erkannte sie feine, grau-weiße Striche, die die Luft durchsiebten. Am Anfang, als das alles losgegangen war, hatte Rosa sich manchmal ausgemalt, wie sie und Milo gemeinsam auf dem Sofa säßen und die Serie sehen. Er hätte den Arm um ihre Schultern gelegt, sie ihren Kopf an seine Brust, er hätte ihr dann und wann einen Kuss auf den Scheitel gedrückt. Sie dachte an den süßen Schmerz, an das Reißen in ihrem Inneren, an die Angst, die sie dabei empfunden hatte. Angst, dass Hans ihre Gedanken, ihre Gefühle erraten könnte, von denen sie gedacht hatte, dass sie ihr aus jeder Pore drangen, wie Schweiß, der eine andere Farbe hatte, Milofarbe. Denn wenn Hans etwas davon erfahren hätte, dann wäre alles vorbei gewesen. Das war ein klar umrissenes Faktum gewesen, so wie die Sache mit dem Apfel, der nach unten fällt. So wie damals, am Anfang, als ihre Ehe mit Hans noch keine drei Jahre alt gewesen war und sie beim Feuerwehrball ein Mal zu oft mit dem Wirt getanzt hatte. Beim ersten Tanz hatte Hans noch gelacht, beim zweiten schon weniger. Rosa war nicht aufgefallen, dass Hans in diese Stimmung gekommen war – wenn er seine Sätze nicht mehr normal sprach, sondern aus jedem eine Spitze wurde. Wenn kein Anlass zu gering für einen abfälligen Witz, eine Provokation war. Erst im Auto hatte sie es bemerkt. Das andere Land in Hans war schwarz, der Himmel dort so dunkel wie die Felsen, aus denen es bestand. Spitze, gefährliche Steine, Schluchten und Berge, gemacht, um Rosa zu zerschlagen. Es war eines der wenigen Male gewesen, bei dem sie Angst gehabt hatte, dass er ihr

Knochen gebrochen hätte. Gebrochene Knochen waren ein Problem, denn die mussten im Krankenhaus behandelt werden. Was im Krankenhaus behandelt werden musste, wurde hinterfragt. Man musste gut aufpassen, was man erzählte. Das hatte sie gelernt, als Hans auf der Baustelle in eine Handgreiflichkeit mit einem der Polen geraten war. Er hatte dem Arzt erzählt, er wäre im Dunklen gestolpert, doch der Arzt hatte ihm nicht geglaubt.

„Diese Verletzung kann man sich nur auf eine Art holen: Wenn man mit der Faust irgendwo dagegen schlägt. Das ist eine Boxerfraktur. Der Name ist Programm", hatte der Arzt gesagt.

Der Name ist Programm. So hatte er es tatsächlich ausgedrückt. Die Art, wie er es gesagt hatte, als wäre Hans ein Idiot, hatte etwas im Gesicht ihres Mannes aufbrechen lassen, das Rosa nur selten gesehen hatte: Scham. Dann war Wut über die Scham dazugekommen und dann Wut darüber, dass man ihn beschämte, und schließlich Wut über den Umstand, dass Rosa daneben stand und jedes Wort davon gehört hatte. Hans war nur aus der Sache herausgekommen, weil der Pole ein Illegaler gewesen war und keine Anzeige erstattet hatte. Man hatte Rosa damals allein befragt, als Hans im Gipszimmer gewesen war. Die Fragen waren voller Andeutungen gewesen. Weswegen sie nach dem Feuerwehrball nicht zum Arzt gegangen war.

Rosa schloss die Augen wieder. Die Rippen taten ihr weh, aber nicht so sehr wie damals, nach dem Ball. Da war auch das Atmen schwierig gewesen.

Gestern war sie auf dem Sofa gesessen, hatte gehäkelt und an Milo gedacht, der nicht angerufen hatte, in ihrem Bauch ein flaues Gefühl, als wäre etwas unwiderruflich kaputtgegangen. Ihre Vorstellungen von Milo und sich auf dem Sofa waren im Verlauf des vergangenen Jahres verschwunden, und mittlerweile wusste Rosa, weshalb. Sie konnte den Tag benennen, an dem das passiert war. Rosa war den Abend durchgegangen, ihre Worte, seine Worte. „Ich werde ihn nie verlassen“, hatte sie zu Milo gesagt, und seine hilflose Antwort war ein Schlag in ihr Gesicht gewesen.

Rosa hörte, wie die Mutter den Kühlschrank öffnete. Wie unterschiedlich die Menschen waren, dachte Rosa, sie zwang sich, dem Impuls zu widerstehen, die Augen wieder aufzumachen. Keiner schlug zu wie der andere. Kein Schlag tat gleich weh. Dieses Wissen ließ sich in keinem Buch der Welt finden.

*

Milo fuhr auf der Autobahn Richtung Maribor, dann hielt er sich links und nahm die Bundesstraße. Sein Körper agierte. Er selbst war aufgelöst. Seine Augen funktionierten, seine Hände legten Gänge ein, setzten Blinker, lenkten, seine Füße bedienten die Pedale. Ihm wurde sehr kalt, was er kaum wahrnahm, erst bei Lormanje fuhr er ab, unwillkürlich, er konnte sich nicht erinnern, diese Entscheidung getroffen zu haben. Er stieg aus dem Auto und lief zu den Büschen, weil er dachte, er müsste sich übergeben. Die Hände auf den Knien abgestützt stand er vorgebeugt da und versuchte, den Kaffee hochzuwürgen, aber da kam nichts, nur seltsam nach Kupfer schmeckender Speichel. Er spuckte aus, ein langer Faden blieb an seiner Unterlippe hängen, den er mit dem Zeigefinger abriss. Milo wischte sich die Hand an der Hose ab und richtete sich wieder auf. Er griff nach dem Hosenknopf, zog den Reißverschluss auf und pinkelte in das trockene Gras. Ein Schluchzer entwand sich seiner Kehle, Milo schüttelte die letzten Tropfen Urin ab. Während er die Hose wieder verschloss, schluchzte er noch ein paar Mal. Er bekam nun besser Luft, aber das trockene Weinen war unangenehm, das pfeifende Geräusch in seiner Kehle machte ihm Angst. Milo konzentrierte sich auf das Schluchzen, bändigte es zu Atem, füllte seine Lungen mit Luft und ließ sie wieder entweichen. Ihm wurde unangenehm bewusst, wie feucht seine Kleidung war. Langsam kehrte er zum Auto zurück. Ein Radfahrer fuhr an ihm vorbei, ein alter Mann mit Kappe, der Lack des Rades an vielen Stellen abgesplittert. Der Mann sah Milo in die Augen. Milos Gesicht musste fahl sein, schweißglänzend. Seine Haare klebten am Kopf, er fühlte sich schmal, klapprig, als wäre er in diesen wenigen Stunden um Jahrzehnte gealtert. Milo öffnete die Fahrertür, griff sich mit beiden Händen über den Kopf, fasste den Kragen des T-Shirts und zog es aus. Es löste sich nur schwer von seiner Haut. Der leichte Wind trocknete ihn. Milo lauschte den Autos auf der Bundesstraße. Er zog das Hemd an, mit dem er sich am Grenzübergang das Gesicht abgewischt hatte, und versuchte, die Knöpfe zu schließen, aber sie entwanden sich seinen Fingern, was ihn mit stupider Verständnislosigkeit erfüllte, bis er begriff, dass seine Hände zu stark zitterten. Milo schluchzte noch einmal auf, aber er weinte nicht mehr, sondern lachte. Ein irres Lachen, von einem Verrückten. Er war wahnsinnig geworden, die Angst hatte seinen Verstand gefressen. Mit der flachen Hand schlug er sich zweimal ins Gesicht, und als er das Klatschen und den Schmerz wahrnahm, lachte er noch einmal, dann fiel ihm Rosa ein, und das Lachen verging. Er öffnete den Mund, legte seine Arme auf dem Dach des Autos ab und lehnte sich vor. Er starrte auf den Fahrersitz, sah, dass sein Schweiß den Sitz getränkt hatte, an manchen Stellen war der Stoff dunkler. Langsam atmete er durch die Nase ein und durch den Mund wieder aus, so, wie er es Rosa vor nicht einmal zwölf Stunden angesagt hatte. Er beruhigte sich. Weiter vorn klebten ein paar Einfamilienhäuser mit typischen, ehemaligen Ostblockländerzäunen vor einem diesigen Himmel am Horizont. Die Luft flimmerte über dem Asphalt. Er hatte tatsächlich geglaubt, dass es für Rosa und ihn nicht schlimmer werden könnte.

*

„Rosa."

Sie spürte ein Schütteln an ihrer Schulter, sie fröstelte. Rosa schlug die Augen auf.

„Telefon", sagte die Mutter und hielt ihr das Handy entgegen. Die Wolken hatten sich verzogen, die Sonne schien wieder. Rosa räusperte sich.

„Wie lange hab ich geschlafen?"

„Drei Stunden", sagte die Mutter, sie hatte die Hand am Mikrofon des Handys, und mit einer auffordernden Geste hielt sie es Rosa noch einmal hin.

„Irgendetwas Neues?", fragte Günther. Rosa verneinte. Günther schwieg. Im Hintergrund hörte sie das Rattern einer Faxmaschine, Günther war noch auf dem Revier.

„Was ist eigentlich mit seinem Handy? Das ist überhaupt tot."

„In der Reparatur", antwortete Rosa, „er wollte kein Ersatzhandy."

„Na und Milo?"

Rosa biss sich auf die Unterlippe.

„Hast du versucht, ihn zu erreichen?"

„Er hebt nicht ab", sagte Günther, „bei dir?"

„Ich versuch es jetzt gleich."

„Mach das. Ich bin noch bis sieben in der Arbeit. Danach erreichst du mich am Handy. Hast du die Nummer?"

Rosa schlug die Wolldecke zurück, ihre Mutter stand neben dem Sofa, auf die Gehhilfe gestützt. In der Küche, auf der Umrandung der Sitzbank, fand sie ein Glas mit Stiften, daneben lag ein Notizblock. Sie zog einen Kugelschreiber heraus und notierte die Nummer.

„Wie lange war er das letzte Mal weg?"

„Fast zwei Tage."

„Na siehst du."

Rosa sah aus dem Fenster in den Garten. Tropfen glitzerten auf dem Rasen.

„Mach dir keine Sorgen, der taucht schon wieder auf."

„Danke", sagte Rosa.

„Keine Ursache", antwortete der Polizist, „das ist mein Job."

Die Mutter öffnete den Kühlschrank und holte ein Plastikgeschirr heraus.

„Vielleicht sollte ich nach Hause gehen", sagte Rosa nachdenklich. Sie saß am Tisch, die Finger ineinander verschränkt. Die Mutter stellte das Plastikgeschirr auf der Anrichte ab und öffnete es.

„Aber wir essen jetzt."

„Trotzdem", antwortete Rosa, „er hat ja kein Handy. Er weiß nicht, wo ich bin."

„Wo sollst du denn sein, außer bei mir", die Mutter verteilte den Inhalt aus dem Plastikgeschirr auf zwei Tellern. Es sah nach zerfallener Lasagne aus, Rosa musste schlucken. Dass Hans so wenig geblutet hatte. Die Mutter drehte sich um.

„Geh Rosa. Reiß dich zusammen. Sonst hast du dich doch auch nicht so gekränkt."

„Das war etwas anderes", schluchzte Rosa in ihre Hände.

„Der verschwindet halt einfach manchmal", sagte die Mutter, „Männer sind so."

„Eh", sagte Rosa und nahm die Hände wieder vom Gesicht, „aber diesmal fühlt es sich anders an."

„Ruf den Milo noch mal an."

„Der Milo weiß nichts. Der Hans und er haben sich zerstritten", sagte Rosa, trotzdem stand sie auf, einen Moment lang schwankte sie, Rosa sah auf die beiden Teller mit der Lasagne, sie sah die Mutter, im Alter geschrumpft. Da war die Mikrowelle, vor dem Fenster schien die Sonne. Sie drehte sich um. Der Türstock hatte eine unheimliche Anziehungskraft, so wie damals, als sie mit Hans in Wien gewesen war und sie die U-Bahn genommen hatten. Es war Nacht gewesen, aus dem Tunnel war das Dröhnen des nahenden Zuges gedrungen, und Rosa hatte diesen Funken in sich gespürt, der sich zu einem Feuer auswuchs, eine berauschende Kombination aus Panik und höchstem Glücksgefühl, ihr Körper würde sich, ohne dass sie etwas dagegen unternehmen könnte, vor die U-Bahn werfen. Zwei, drei schnelle Schritte, ein beherzter Sprung, und alles wäre vorbei. Rosas Beine setzten sich in Bewegung, sie sah den Türstock auf sich zukommen und passierte ihn unbeschadet.

„Warum haben sie gestritten?", fragte die Mutter.

„Weiß ich nicht", antwortete Rosa mechanisch, ohne zu wissen, worauf sie eine Antwort gab. Im Gang fiel ihr Blick auf ein Bild, das sie als Kind zeigte. Kinnlange Helmfrisur mit Pony, die Farben verblasst, typisch 70er-Jahre. Da war der Vater schon tot gewesen. Neben ihr eine in der Hälfte durchgeschnittene Kinderversion von Günther, der den Arm um ihre Schultern gelegt hatte, er grinste, einer seiner Schneidezähne fehlte, er war ihm am Tag davor ausgefallen, sie war dabei gewesen. Als wäre das alles erst gestern geschehen. Rosa setzte sich auf das Sofa, dann stand sie wieder auf. Sie nahm ihr Telefon, betätigte die Taste für Kontakte, tippte S in die Suchleiste, und die zweite Nummer im Telefonbuch, unter Sonja, war ‚Susanne Arbeit'.

*

Milo zog die Handbremse an und begann den Innenraum seines Autos nach dem Handy abzusuchen. Ein grüner, alter Volvo fuhr an ihm vorbei. Milo hatte selbst so ein Auto besessen, identisch in Farbe und Bauart, damals, Ende der 80er. Da hatte er Hans noch nicht gekannt, und Rosa auch nicht, aber Hans hatte Rosa schon gekannt. Milo hatte noch nicht gewusst, dass es einen Ort namens Hinterbach gab, und schon gar nicht hatte er gedacht, dass er jemals dorthin in die tiefste Provinz ziehen würde.

Milo sah auf die Rückbank zu seiner Tasche, in die er wahllos ein paar Kleidungsstücke und zwei Wasserflaschen gepackt hatte, bevor er losgefahren war. Er stieg aus dem Auto, öffnete die hintere Tür, griff nach der Tasche, drehte sie um und leerte ihren Inhalt auf die Rückbank. Das Handy war nicht darin.

Als ihm einfiel, wann er das Telefon zuletzt in der Hand gehabt hatte, erstarrte er. Sekunden vergingen, Autos rasten an ihm vorbei. Als einer hupte, kam wieder Leben in Milo. Er stopfte die Kleidung zurück in die Tasche, schlug die Tür zu, setzte sich hinter das Lenkrad und ordnete sich in den Verkehr ein.

Die Welt hatte sich verändert. Als er ein Kind gewesen war, hatten hier Pferdefuhrwerke Heu, Stroh und Korn transportiert, die meisten Menschen waren Rad gefahren, die Landschaft flach wie eine Bruchsteinplatte. Autos hatte es kaum gegeben.

Am Horizont türmten sich die Wolken, von dem plastischen Weiß war nichts mehr übrig. Er fuhr auf eine dunkelblau-graue Wand zu. Vielleicht noch zehn, 15 Kilometer, dann würde er den Regen erreichen.

*

Den rechten Arm um die Brust geschlungen, den Blick auf den toten Bildschirm des Fernsehers gerichtet, lauschte Rosa dem Läuten, bis es in der Leitung klickte und still wurde. Milo hatte keine Mobilbox.

„Ich gehe nach Hause und schaue nach, ob er da ist“, rief Rosa durch den Gang in die Küche.

„Jetzt?“, die Mutter bewegte sich, Rosa hörte die Gehhilfe, „was ist mit dem Essen?“

Die Mutter stand im Gang. Rosa erhob sich langsam, sie musste die Fäuste in das Sofa stemmen, ihr Körper war zu schwer für ihre Beine geworden. Rosa sah die Umrisse der Mutter im Gegenlicht, das bauschige, kurze Haar, den rundlichen Oberkörper.

„Ich hab das jetzt extra aufgetaut. Nur für dich. Das ist so eine Verschwendung.“

Wortlos ging Rosa ins Vorzimmer. Sie ignorierte die Mutter, die nach ihr rief, sie verließ das Haus ohne Tasche durch die Vordertür. Mit dem Handy in der Hand stieg sie die Treppe in den Vorgarten hinunter.

Rosa kam erst wieder zu sich, als ihre eigene Eingangstür mit einem Knall hinter ihr zufiel. Sie hatte die Fenster offen gelassen, damit sich der Geruch der Bleiche verflüchtigte. Als die durch den Luftzug angetriebene Tür ins Schloss fiel, zuckte Rosa zusammen, Gänsehaut breitete sich aus, sogar auf ihren Schienbeinen. Sie hatte das Gefühl, jemand würde hinter ihr stehen, also drehte sie sich um und starrte die Eingangstür an. Ihr fiel auf, wie hässlich sie die Tür fand. Obwohl sie so viele Jahre mit ihr gelebt hatte, realisierte sie das erst jetzt. Langsam ging sie in das Wohnzimmer. Die Häkelarbeit lag auf dem Sofa, der noch unfertige Ziervorhang zusammengefaltet, das Knäuel aufgewickelt, alles festgesteckt mit der Häkelnadel. Sie ging weiter in die Küche. Auf dem Tisch standen zwei Kaffeetassen, die von diesem Morgen waren, eine von ihr, eine von Milo. Sie fühlte sich ertappt. In Krimis wurde so etwas zu einem Beweis. Hastig griff sie danach, sie vergaß, dass ihre noch halbvoll war, und Kaffee schwappte über den Becherrand, auf Tisch und Boden. Rosa brachte die Tassen zur Spüle, nahm einen Fetzen, wischte den verschütteten Kaffee auf, wusch anschließend die Tassen ab, trocknete sie und räumte sie wieder an ihren Platz. Als sie den Schrank schloss, fragte sie sich, wie sie die Tassen auf dem Tisch übersehen haben konnte. Schon als Kind hatte sie das Haus der Mutter immer einwandfrei geführt. Trotzdem hatte Hans gemeint, sie wäre eine Chaotin. Als sie mit ihm zusammengezogen war, hatte sie gelernt, dass Ordnung nicht gleich Ordnung war. Es gab die Ordnung der Mutter und die von Hans, und beide, obwohl sie einander ähnelten, waren unterschiedlich. Hans war es wichtig gewesen, dass die Küche immer in einwandfreiem Zustand war. Die Kleidungsstücke im Schrank hatten nach Farben sortiert zu sein, unter keinen Umständen durfte sich in der Sockenschublade eine einzelne Socke finden. Der Mutter waren nicht die Farben wichtig gewesen, sondern die Art der Kleidungsstücke: Blusen zu Blusen, Kleider zu Kleidern. Sie waren einander so ähnlich gewesen, dass es Rosa immer wieder verwundert hatte, weshalb sie einander so sehr verabscheuten. Sie hatten sich sogar beide durch ihre Sparsamkeit einst mit abgelaufenen Lebensmitteln vergiftet, Hans mit Heringen und die Mutter mit Leber, und beide hatten dieselbe Konsequenz daraus gezogen, nämlich, dass abgelaufene Lebensmittel nicht mehr konsumiert werden durften. Rosa, als Verantwortliche für den Haushalt, hatte dafür Sorge zu tragen, dass die Nahrungsmittel vor Ablauf des Haltbarkeitsdatums verwendet wurden. Dabei hielt sich das meiste weit über das Datum hinaus. Rosa hatte schon öfter alte Wurst oder Yoghurt gegessen, damit Hans oder die Mutter diese Dinge nicht im Mist fanden.

Sie verließ die Küche und blieb am Fuß der Treppe stehen. Die großen, fleischigen Blätter der Pflanze neben der Treppe sahen unheimlich aus, als könnten sie denken, stumme Zeugen. Mit jedem Zeigerschlag der Küchenuhr wurde ihr Herzschlag schneller. Bis jetzt hatte sie sich betäubt gefühlt, aber nun war ein Zittern in ihr, das es schwer machte, die Gedanken beieinander zu halten. Sie legte die Hand auf den Knauf des hölzernen Geländers und blickte lange an die Stelle, wo Hans heute Morgen mit dem Gesicht nach unten auf den Fliesen gelegen hatte, die Beine ineinander verdreht, seine Fußsohlen hatten nach oben gezeigt. In Rosas Ohren war ein Rauschen, das lauter wurde, die Qualität einer Unendlichkeit in sich tragend.

Sein rechter Arm hatte sich zwischen der ersten und zweiten Verstrebung des Handlaufs verfangen und Hans' Sturz so beendet, hatte den Körper in der Fallbewegung gestoppt wie eine plötzlich angezogene Handbremse. Rosa wurde übel, als sie an das Knacken dachte, mit dem der Arm gebrochen war. In Rosas Mund sammelte sich Speichel. Sie dachte an die Lasagne, die ihre Mutter auf die Teller geschaufelt hatte, und ihr Magen verkrampfte sich. Rosa klappte zusammen, aber in ihr gab es nichts, das sich hochwürgen ließ, sie hatte seit Stunden weder gegessen noch getrunken. Als der Brechreiz nachließ, zwinkerte sie einige Male und richtete sich wieder auf. Rosa betätigte den Lichtschalter neben der Treppe und ging in die Hocke. Hans hatte nur wenig aus Nase und Ohren geblutet, genauso wie am Bauch, in den Rosa die Schneiderschere gerammt hatte.

Entschlossen richtete Rosa sich wieder auf und stieg in das obere Stockwerk.

Die eingetretene, klinkenlose Badezimmertür war ein Problem. Wenn jemand in das Haus kam, würde das Fragen aufwerfen. Probeweise versuchte Rosa, die Tür aus den Angeln zu heben, und tatsächlich ließ sie sich bewegen. Das Haus war rund 40 Jahre alt, die Türen überall die gleichen – wuchtig aussehend, dunkel gebeizt und aus Pressspan. Sie öffneten alle nach innen.

Rosa probierte die Tür an der Stirnseite, hinter der es zum Dachboden ging, aber die Angeln waren an der falschen Seite. Sie ging weiter zur nächsten Tür auf der rechten Seite des Ganges, die ihrer Schlafzimmertür gegenüber lag, und öffnete sie, diesmal waren die Angeln an der richtigen Seite. Rosa hob die Tür an, mühelos glitt sie aus den Verankerungen. Überrascht von dem schweren Gewicht stolperte Rosa nach hinten und fand erst im letzten Augenblick Balance. Schweiß brach ihr aus. Langsam setzte sie die Tür ab und schob sie den Gang entlang. Als sie die eingetretene Badezimmertür aus den Angeln hob, ging es leichter, diesmal war sie auf das Gewicht gefasst.

Um die Tür einzuhängen, musste Rosa sie mit ihren Armen umfangen und mit dem Rist ihres Fußes zuerst anheben und dann langsam sinken lassen. Ein Scharren von Metall auf Metall, und die Tür hing in den Angeln. Rosa trat auf den Gang. Sie zog die Tür zu, sicher, dass das Schloss nicht auf der richtigen Höhe zum Gegenstück war, aber mit einem freundlichen, leisen Klicken rastete die Tür ein.

Rosa hängte die kaputte Tür des Badezimmers in den Türstock des anderen Zimmers. Sie ließ sie offen stehen und sah sich um, in dem Raum war nichts als ein leerer Schreibtisch und ein alter Computer, den weder Hans noch Rosa jemals benutzt hatten. Ihr Blick fiel auf den gerahmten Druck eines Weihers im Winter, der über dem Schreibtisch hing. Sie nahm ihn von der Wand und stellte ihn vor die eingetretene Stelle in der Tür, aber dann fiel ihr auf, dass die Wand dort, wo das Bild gehangen hatte, heller war, also hängte sie es zurück. Wenn jemand fragen sollte, würde sie sagen, was geschehen war. Hans hätte die Tür während eines Wutanfalls eingetreten. Wann das gewesen wäre? Vergangene

Woche. Oder nein, vor drei Wochen, nach dem Heurigen. Tausend Augenzeugen. Hans war so betrunken gewesen, dass er einen Tisch umgerissen hatte.

Er hatte die Tür zum Badezimmer aufgebrochen, in das sie geflohen war, und Rosa mit der Hand ins Gesicht geschlagen. Sie war fassungslos gewesen – er hatte das vorher nie getan, aus Angst, seine Schläge könnten sichtbare Spuren hinterlassen. Der Schlag war heftig gewesen, viel heftiger als der von Milo drei Tage zuvor. Rosa war nach hinten getaumelt, an die Umrandung der Badewanne, da war kein Platz für einen Ausfallschritt gewesen, also war Rosa in den Duschvorhang gefallen. Sie hatte sich den Kopf an der Wand angeschlagen, fest, bunte Blumen waren vor ihren Augen explodiert, so viele, dass sie Hans nicht mehr gesehen hatte. Blind vor Schmerzen war sie gewesen. Hans hatte sie am Nachthemd aus der Badewanne gezogen, das dabei zerrissen war. Er war in der Tür gestanden, als sie ihm die Schneiderschere in den Bauch gestoßen hatte. Wie leicht das massive, spitze Metallstück durch seine Haut gegangen war – eine feine, treibende Bewegung hatte gereicht, um die Klingen eine Handbreit tief hineinzustoßen. Sie war so überrascht über ihre Tat gewesen, dass sie die Augen nicht hatte abwenden können. Sein Nabel, vorgewölbt wie eine Muschel, und daneben die Schere, so tief in seinem Fleisch, dass sie nicht herausgeglitten war, als Rosa sie losließ. Sie hatte einen Schritt nach hinten gemacht, doch Hans hatte sie an den Haaren gepackt, der Schmerz, der nun von der angeschlagenen Stelle an ihrem Hinterkopf ausgegangen war, hatte sie nicht einmal Luft holen lassen, um zu schreien. Er hatte sie an den Haaren gepackt, als wollte er Halt suchen an seiner Frau, wie jeder andere Mann auch, und Rosa hatte das Geländer der Galerie auf sich zukommen sehen und begriffen, dass er sie in den unteren Stock werfen wollte. Sie hatte keine Ahnung, was sie getan, wie sie sich aus dieser Bewegung gewunden hatte. Aber plötzlich waren sie einander gegenübergestanden, er mit dem Rücken am Treppenabsatz. Hatte er das Klatschen gehört, als ihre Hände auf seiner Brust gelandet waren? Sein Gesicht hatte ungläubig ausgesehen, als er nach hinten gefallen war, im Sturz noch hatte er nach ihren Handgelenken gefischt, um sie mit sich in die Tiefe zu nehmen. Die Wucht der Kollision mit der Wand am Treppenplateau hatte Hans zusammengedrückt wie eine Ziehharmonika. Sein Kopf hatte mit einer seltsam schnalzenden Bewegung eine unnatürliche Drehung gemacht, Hans war um die Ecke der Treppe gefallen, dann war sein Arm in den Verstrebungen des Handlaufs hängengeblieben und hatte seinem Fall mit dem Geräusch von brechenden Knochen ein Ende gemacht.

Hans hatte Rosa die Schere zu ihrem letzten Geburtstag geschenkt. Weil sie doch so gern nähte, strickte und häkelte. Ein teures Geschenk, das hatte Rosa gesehen, bevor sie gelesen hatte, aus welcher Manufaktur sie stammte. Der Griff der Schere war vergoldet, die spitzen Klingen waren aus Stahl, schwer und angenehm war das Werkzeug in der Hand gelegen. Das vergangene Jahr, das Jahr mit Milo, war das beste in Hans' und Rosas Ehe gewesen.

Rosa drehte sich um und ging ins Bad. Sie ließ die Tür offen. Hans war nicht mehr da. Er hatte nie etwas sehen oder hören wollen, das mit der Körperpflege anderer zu tun hatte. Sie zog sich aus und vermied es, dabei in den Spiegel zu blicken. Auf dem Rücken war eine geschwollene Stelle, die schmerzte, wenn Rosa sich bückte, aber sie machte sich keine Sorgen. Sie konnte atmen und sich bewegen, sie konnte Türen umhängen.

Rosa warf ihre Kleidungsstücke in den Schmutzwäschekorb, auf den Badvorleger mit ihrem Blut darauf, den sie am Vormittag dort hineingelegt hatte. Aus dem Schrank unter dem Waschbecken holte sie einen neuen, noch eingeschweißten Duschvorhang, auf dem gelbe Enten aufgedruckt waren. Sie zog ihn aus der Verpackung, stieg auf den Hocker und fädelte ihn in den Ringen über der Badewanne ein.
Die Enten gefielen ihr, sie sahen fröhlich aus.

Während Rosa unter dem heißen Wasserstrahl stand und sich Haut und Haare gründlich wusch, dachte sie darüber nach, was sie mit der Kiste machen würde, die sie ins Gartenhaus gebracht hatte.

*

Die ersten Tropfen zerplatzten auf der Windschutzscheibe des Pick-ups. Die Tropfen waren groß, zuerst kamen sie vereinzelt, aber innerhalb von 30 Sekunden musste Milo die Scheibenwischer auf höchster Stufe laufen lassen, damit er etwas sah. Es war dunkel draußen, obwohl es erst kurz vor sechs war. Murska Sobota lag hinter ihm, und nun suchte er nach der richtigen Abzweigung. Die Landschaft hatte sich kaum verändert, seit er das letzte Mal hier gewesen war, aber die Dörfer sahen anders aus, neuer, sauberer, die Fassaden ordentlicher. Auch die Straße hatte nichts mehr mit der Straße zu tun, über die er als Kind mit seinen Eltern gefahren war, sie war asphaltiert. Der Regen war so stark, dass er bei jedem Straßenschild abbremsen musste, um zu sehen, was darauf geschrieben stand. Dann begann das Schlagen. Er dachte, ein Stein wäre gegen die Karosserie seines Wagens geschleudert worden, beim zweiten oder dritten Mal begriff er, dass es anfing, zu hageln. Absurde Sekunden lang galt Milos größte Angst dem neuen Auto, der Möglichkeit, dass die Hagelkörner Dellen in Motorhaube und Dach schlagen würden, dass sie den schwarzen Lack zerkratzen könnten. Er vergaß den Toten auf seiner Ladefläche. Die Scheibenwischer wischten nach links, und Milo sah das Schild, auf das er gewartet hatte: die Abzweigung nach Gomilica. Er setzte den Blinker, obwohl er nicht dachte, dass sein Hintermann irgendetwas sehen konnte, griff ins Lenkrad und bog ab. Mit dem rechten Vorderreifen fuhr er in eine Lacke, eine Wasserwand spritzte hoch, etwas schlug gegen die Achse, er fluchte.

Gomilica sah anders aus. Weniger Bäume, kein Katzenkopfpflaster mehr. Er fuhr durch die Ortschaft, sah Hagelkörner auf den Gehsteigen, der Straße, Tausende kleine, weiße Steine, die vom Himmel fielen und in ihrem Fall Blätter von den Bäumen rissen. Die Blätter taumelten im Sturm, der die Ernte verhagelte, sie blieben an Milos Windschutzscheibe kleben und wurden von den Scheibenwischern mitgenommen. Hinter Gomilica fuhr er sehr langsam. Als er hier weggezogen war, hatte eine große, alte Kastanie an der Kreuzung gestanden, aber er konnte sich nicht darauf verlassen, dass sie sich immer noch dort befand, mehr als 30 Jahre waren seither vergangen. Das Schlagen der Hagelkörner wurde leiser. Die Welt draußen war in einen grauen Schleier gekleidet – Eis, das von oben kam, Dampf, der von der Erde aufstieg, die den ganzen Sommer Zeit gehabt hatte, um sich aufzuheizen.

Die Kastanie sah immer noch mächtig aus, groß und knorrig. Ihre Äste bewegten sich im Sturm, als wollte sie auf sich aufmerksam machen. Milo bog in die schmale Straße ein, diesmal gelang es ihm rechtzeitig, einem mit Wasser gefüllten Schlagloch auszuweichen. Er fuhr einen Kilometer, ohne etwas zu sehen als Bäume und Wasser in unterschiedlichen Aggregatzuständen. Der Hagel wurde von dichtem Regen abgelöst. Milo musste die Straße zweimal auf- und wieder abfahren, bis er zwischen den Büschen eine Art Lichtung wahrnahm und stehen blieb. Er ließ das Fahrerfenster herunter. Der Weg war nicht zugewachsen, wahrscheinlich, weil er regelmäßig von Bauern und Waldarbeitern befahren wurde. Milo vergewisserte sich, dass er nicht beobachtet wurde, dann bog er ab.

Der Weg war viel länger, als er ihn in Erinnerung hatte. Zweimal hielt er an, weil er dachte, er wäre falsch, aber anstatt umzudrehen, fuhr er weiter. Zunächst durch einen niedrigen Buschwald, dann wurden die Bäume höher und standen vereinzelter. Auf dem dunklen Boden des lichten Waldes sahen die weißen Hagelkörner noch unwirklicher aus, Nebelfetzen vom Schmelzprozess bedeckten wie Seidentücher den Boden. Der Wald hörte auf, vor Milo öffnete sich eine brachliegende Fläche. Er bog links ab und fuhr am Waldrand entlang, bis er die schiefen Steinsäulen erblickte, an denen die geöffneten Torflügel hingen, der linke zugewachsen mit Brombeeren, der rechte schief hängend und von den Elementen zerfressen, eine Offenbarung von Verlassenheit. Da war der Obstgarten, in dem er so viel Zeit mit Spielen und Ernten verbracht hatte. Die Vorderseite des alten Hauses tauchte auf. Die Fenster teils zerbrochen, teils blind, die einst blauen Fensterrahmen nun grau, das Holz splitterte ab. Ein Teil des Daches war eingebrochen, skelettartige Reste des Dachstuhls zeichneten sich gegen den Himmel ab. Der Schornstein stand frei, ein Turm, auf dem ein Storch sein Nest gebaut hatte. Das Gras raschelte am Unterboden seines Wagens. Milo fuhr um das Haus herum, in den Hof dahinter, wo links der Schuppen war, rechts der

längliche Stall und an der Stirnseite des Hofes das Gebäude, in dem sich einst die Saftpresse befunden hatte. Er parkte seinen Wagen mit der Ladefläche zur Rückseite des Hauses und stellte den Motor ab. Das Trommeln des Regens auf dem Autodach hatte merklich nachgelassen. Das Gras war hoch, die Hagelkörner leuchteten auf den maroden, mit Moos überzogenen Dächern.
Er lehnte sich zurück, seine Lider waren schwer und juckten, Milo schloss die Augen.

Als er aufschreckte, dachte er, er hätte lange geschlafen, aber die Uhr auf dem Armaturenbrett zeigte, dass nicht einmal 20 Minuten vergangen waren. Es hatte aufgehört zu regnen, doch die Wolken hingen immer noch tief, dunkel von ihrer Last. Langsam öffnete Milo die Fahrertür, er verharrte einen Augenblick und inhalierte die frisch gewaschene Luft. Der Geruch kam ihm vertraut vor, er war überrascht darüber, wie warm es war. Milo ging um den Wagen zur Heckklappe. Er legte seine Finger an den Öffnungsmechanismus, zögerte kurz, dann hob er die Klappe an.

Sein Blick fiel auf die weiße Gestalt. Milo begann, die Ladefläche nach seinem Handy abzusuchen. Aber erst, nachdem er in den Falten der Leintücher nachgesehen hatte, in die Hans Gerber gewickelt war, fand er es.

*

Obwohl Hans nach der Hochzeit verlangt hatte, dass sie zu Hause blieb, um sich um Kinder zu kümmern, die niemals kamen, hatte die Wirtschaftskrise die Gerbers dazu gezwungen, dass Rosa in einem Warenlager zu arbeiten begann, das zwischen Hinterbach und Weiduns an der Bundesstraße stand. Die Beschäftigung war nicht gut bezahlt gewesen, aber sie hatte Rosa Spaß gemacht und ihr etwas zu tun gegeben. An jenem Wintermorgen, an dem Milo und Rosa das erste Mal allein miteinander sprachen, war ihr Wagen auf dem Weg in die Arbeit liegen geblieben. Milo, der auf dem Weg nach Wien gewesen war, hatte sie am Straßenrand stehen gesehen, in einem beigen, dünnen Mäntelchen. Als er neben ihr hielt, hatte Rosa zuerst erleichtert, aber dann, als sie ihn erkannte, erschrocken ausgesehen. Sie hatte gesagt, dass alles in Ordnung wäre, die Werkstatt schon verständigt sei, und die Mutter auch. Es würde bald jemand kommen und sie zur Arbeit bringen. Milo hatte gesagt: „Jetzt sei nicht blöd, ich bring dich schnell."

Etwas an Rosa war Milo seltsam vorgekommen, als sie abwehrend den Kopf geschüttelt hatte, die Wangen rot vor Kälte, die Hände tief in den Manteltaschen, den Kragen aufgestellt, Atemwölkchen vor dem Gesicht. Unmerklich hatte Rosa das Gewicht von einer Seite zur anderen verlagert. Genährt von den jahrelangen Erzählungen seines besten Freundes hatte

Milo sie für überempfindlich gehalten, eine Frau, die ihre Nerven wegschmiss, weil ihr das Auto eingegangen war.

„Geh bitte, Rosa“, hatte er durch das offene Beifahrerfenster gesagt, „dir ist doch kalt. Die paar Kilometer.“ Es hatte nicht nur gönnerhaft geklungen, es hatte sich für Milo auch so angefühlt. Rosa hatte zur Seite geblickt, die Straße hinunter, fahles Sonnenlicht war auf ihre Wange gefallen. Als er ihr Profil sah, hatte Milo das erste Mal gedacht, warum ihm noch nie aufgefallen war, dass sein Freund eine Frau hatte, die eigentlich richtig gut aussah. Vielleicht war es dieser Gedanke gewesen, der ihn dazu veranlasst hatte, sie noch einmal aufzufordern, diesmal freundlicher. Rosa hatte auf ihre Unterlippe gebissen, dann die Hände aus den Manteltaschen gezogen, blau-rot waren ihre Finger gewesen, und schließlich, nachdem sie intensiv den Straßenbelag angestarrt hatte, einen Entschluss gefasst und genickt. Er hatte ihr die Beifahrertür von innen aufgemacht und die Heizung ganz aufgedreht, nachdem sie sich angeschnallt hatte, und er hatte es sich nicht nehmen lassen, sie bis vor die Tür des Warenlagers zu fahren, obwohl Rosa heftig dagegen protestierte. Ihm war nicht aufgefallen, dass es keine falsche Höflichkeit gewesen war, die sie ablehnen ließ.

Milo hätte nie wieder an diese Geschichte gedacht, wenn es nicht das erste Mal gewesen wäre, dass er eine Diskrepanz wahrnahm zwischen der Frau, die er aus Hans' Erzählungen kannte, und jener, die er am Straßenrand aufgelesen hatte.

Ein halbes Jahr später zog sich Hans beim Umbau ihrer Küche einen komplizierten Knöchelbruch zu, der ihn acht

Tage an ein Spitalsbett fesselte. Die Küche war unbenutzbar gewesen. Hans, der nicht wollte, dass Rosa für diesen Zeitraum zu ihrer Mutter zog, bat Milo, die Küche für ihn fertig zu machen. So war Milo gegen Ende jenes Sommers in das Haus der Gerbers gekommen.

Die Frau, die Milo in diesen Tagen kennen lernte, hatte nichts mehr mit dem verschreckten Ding zu tun, das er an einem kalten Wintermorgen in die Arbeit gebracht hatte. Sie war weder unauffällig noch schweigsam, wie sie es sonst immer gewesen war, wenn er sie in Begleitung ihres Mannes getroffen hatte. Milo suchte vergeblich nach der plumpen, einfältigen Person, mit der sein Freund seit so vielen Jahren verheiratet war. Rosa lief durch das Haus, die Treppe hoch und wieder runter, die Haare, zum Pferdeschwanz gebändigt, pendelten im Takt ihrer Schritte. Rosa half mit, sie zeigte Milo, wo die Ventile und Leitungen waren. Wenn er etwas brauchte, fuhr sie zum Baumarkt, und nie brachte sie etwas Falsches mit. Er stellte fest, dass Rosa sehr schnell begriff, wenn man ihr etwas erklärte. Sie war neugierig. Sie lächelte und lachte viel. Es war heiß, Ende August, Hundstage, an den Rändern aufgewölbt trugen sie schon den Herbst in sich, und Milo fing an, Dinge an der Frau seines Freundes zu bemerken: ihre schmalen Knöchel, ihren runden Hintern, er sah fest aus, wie bei einem jungen Mädchen, obwohl Rosa kein junges Mädchen mehr war. Die kompakte, perfekte Größe ihres Busens. Ein speziell geformtes Muttermal an ihrem Hals. Der Anblick ihrer Haare wurde zu etwas, woran Milo sich nicht mehr satt sehen konnte. Und ihr Lachen.

Es schoss ihm in die Knochen und öffnete eine Schleuse, tief in ihm drinnen. Er wusste nicht, wie er das, was aus dieser Schleuse hervordrang, benennen sollte, aber Rosas Gegenwart gab ihm keine Zeit, darüber nachzudenken. Vier Tage ging das so. Als Milo am Morgen des fünften Tages unter dem Abwaschbecken kniete und die letzte Mutter festzog, unterhielten sie sich über Zeitreisen (was ist in mich gefahren, würde Milo später denken, von allen Dingen auf der Welt ausgerechnet Zeitreisen). Er war mit seiner Arbeit im Haus der Gerbers fertig. Wann waren sie so vertraut miteinander geworden? Er konnte Rosas nackte Beine sehen, sie stand an der Anrichte und schmierte ein Brot. Er machte einen unanständigen Witz. Sie hielt in ihren Bewegungen inne, er sah, wie sich die Zehen ihres linken Fußes hoben. Dann begann Rosa zu lachen, ein perlendes, lichtdurchflutetes Geräusch, und Milo begriff. Die Erkenntnis traf ihn wie ein Dachziegel, der ihm im Vorbeigehen auf den Kopf gefallen war. Man begehrte die Frau seines Freundes nicht. Man beachtete ihre Haare, ihre Schenkel, ihren Hals nicht. Man versuchte nicht, sie zum Lachen zu bringen.

Milo war langsam rückwärts unter dem Becken hervorgekrochen.

„Ich muss nach Wien", hatte er gesagt, er hatte kalt geklungen, weil ihm kalt gewesen war. Plötzlich hatte er ihre Nähe nicht mehr ertragen. „Jetzt?", hatte Rosa überrascht gefragt und sich nach ihm umgedreht, fast enttäuscht hatte sie ihn aus ihren grau-blauen Augen angesehen.

„Jetzt", hatte Milo geantwortet und dann irgendetwas

von einer vergessenen Lieferung erzählt. Rosa hatte mit dem Buttermesser auf den Teller gedeutet und Marmelade von ihrem Daumen geleckt, doch Milo hatte sich abgewandt, in seinem Unterleib ein Ziehen.

An diesem Tag war Milo ziellos in der Gegend umhergefahren. Er war bis nach Ottenstein gekommen, wo er schwimmen gegangen und eine Zeit lang in seiner nassen Unterhose am Ufer des Stausees gesessen war, um darüber nachzudenken, wie das alles hatte passieren können. Er hatte sich eingeredet, dass es ihre Schuld war, ihre Schuld sein musste. Seit Hans im Krankenhaus war, hatte sie nichts anderes getan, als zu lachen und gut gelaunt vor ihm herumzuhopsen. Er war auch nur ein Mann.

Es war jener Mann in Milo, der ihn am nächsten Abend wieder zu Rosa fahren ließ. Sie war nicht zu Hause gewesen, sondern bei Hans im Krankenhaus, also hatte Milo auf dem Treppchen vor dem Hintereingang auf sie gewartet. Eine Dreiviertelstunde später war sie heimgekommen und hatte die Tür aufgezogen, war erschrocken über den Menschen in ihrem Garten, mit dem sie nicht gerechnet hatte. Milo hatte sich langsam erhoben, und plötzlich waren sie ganz nah beieinander gewesen, er auf Augenhöhe mit ihrem Busen, und sie war in das Haus zurückgewichen.

„Wartest du schon lange?“, hatte sie gefragt und atemlos geklungen, als wäre sie eine weite Strecke gelaufen. Er hatte den Kopf geschüttelt. Als Rosa fragte, ob er Lust hätte, ein Bier mit ihr zu trinken, musste Milo nur noch nicken.

Sie waren die halbe Nacht auf der Treppe hinter dem

Haus gesessen, hatten über alles und nichts geredet, Milo von seiner Kindheit, Rosa von der Arbeit im Warenlager. Mit keinem Wort hatten sie Hans erwähnt. Als es an der Zeit gewesen war, zu gehen, hatte Milo Rosa die Hand gereicht, um sie von der Treppe hochzuziehen, aber er hatte sie nicht einfach nur hochgezogen. So schnell war das alles gegangen, so plötzlich war sie in seiner Umarmung gewesen, hatten seine Lippen ihre gefunden in der Dunkelheit. Er hatte sich kaum zurückhalten können und gleichzeitig gedacht, er würde sich für diese Frau immer zurückhalten können. Aber da hatte er noch nicht gewusst, wie lange dieses ‚immer' dauern würde. Viele Nächte würde er allein in seinem Bett liegen und an sie denken, an diesen Kuss in einer Neumondnacht hinter dem Haus seines besten Freundes, einen Kuss, den sie schließlich unterbrochen hatte. Sie hatte Milo gebeten zu gehen, und er war gegangen und nicht wiedergekommen.

Als Hans aus dem Krankenhaus entlassen worden war, hatte Milo es vermieden, ihn zu besuchen. Nur ein Mal war er vorbeigekommen, als er wusste, dass Rosa nicht daheim war. Milo war nichts von ihr geblieben als das Wissen um ihren Geruch an jenem Abend, mild, ein wenig nach Schweiß, der Klang ihres Lachens, ihrer bloßen Füße auf der Treppe, die weiche Haut ihrer Arme.

Die Tage vergingen, wurden zu Monaten, Herbst wurde zu Winter, es fiel Milo immer schwerer, Zeit mit Hans zu verbringen. Er begann, sich über Hans' Aussagen zu ärgern. Er begann zu denken, dass sein Freund vielleicht nicht laut, lustig und wild, sondern unangenehm, gehässig und aggressiv wäre. Diese Gedanken veränderten die Freundschaft der beiden Männer. Sie entfernten sich voneinander, zwei driftende Kontinentalplatten, aber nur einer von ihnen wusste, was den Graben zwischen ihnen größer werden ließ. Unaufhaltsam hatte ein Meer begonnen, den Raum zwischen Hans und Milo zu füllen.

*

Rosa beugte sich eben vor, um ihre Haare mit einem Handtuch zu umwickeln, als ihr Telefon anfing, zu läuten. Sie erstarrte in der Bewegung, es klang wie ein Ruf, Rosa lief die Treppe hinunter und fand das Handy auf dem Wohnzimmertischchen. Es vibrierte und bewegte sich dabei, klapperte über das Holz, das Display leuchtete, ‚Susanne Arbeit'. Milo sagte ihren Namen, leise, „Rosa", und dann noch einmal, „Rosa."

„Endlich", flüsterte sie, „wo bist du? Ist alles gut gegangen?"

„Ja."

Sie schwiegen, im Hintergrund hörte Rosa Wind in vielen Baumwipfeln.

„Es gab einen Sturm", sagte Milo, „ich habe lange gebraucht, um es wieder zu finden."

„Hier hat es auch geregnet. Aber jetzt scheint die Sonne." Rosa setzte sich auf das Sofa.

„Irgendjemand aus dem Ort hat versucht, mich anzurufen", sagte er.

„Wahrscheinlich Günther. Ich war bei der Polizei."

„Was hast du gesagt?"

„Ich habe gesagt, was wir ausgemacht haben."

„Und er hat dir geglaubt?"

„Ich hab mit jemand anderem gesprochen. Da ist ein Neuer auf der Wache, ich kenne ihn nicht."

„Und mit Günther?"

„Nur am Telefon", antwortete sie und wiederholte es leise. Rosa stellte sich Milo vor, der in einem großen Wald stand, oder neben einem großen Wald, irgendwo im Freien.

„Bist du zu Hause oder bei deiner Mutter?"

„Zu Hause."

Milo zögerte, sie wusste, was er fragen wollte, also sagte sie: „Ich habe alles aufgeräumt."

„Die Tür."

„Ich hab mich um die Tür gekümmert."

„Und du?", fragte er langsam, „wie geht es dir?"

Zum ersten Mal, seit das alles passiert war, flackerte Hoffnung in Rosa auf, ein kleiner Pieps auf der Nulllinie eines Herzmonitors.

„Gut", sie verlagerte ihr Gewicht, „viel besser als in der Früh. Die Rippen tun ein bisschen weh."

„Und die Nase?"

„Die Nase nicht", sagte Rosa, dann lachte sie leise.

„Milo", begann sie, aber Milo sagte: „Nicht, Rosa. Nicht jetzt."

Es blieb still zwischen ihnen, Rosas Finger fuhren die Musterung des Sofas nach, fester und fester.

„Ist er noch da?"

„Ja. Ich denke, es regnet heute noch."

„Rufst du Günther zurück?"

„Das mache ich gleich."

„Milo?", sagte sie, Rosa hörte ihn Luft holen, um sie zu unterbrechen, also sagte sie es schnell: „Es tut mir leid."

Es blieb so lange ruhig in der Leitung, dass Rosa dachte, sie wäre unterbrochen. Angst verwandelte ihr Herz in einen flatternden Vogel, sie öffnete den Mund, um noch etwas zu sagen, ihre Zunge setzte sich in Bewegung, um ein Wort zu formen, aber da antwortete Milo plötzlich sehr leise, von sehr weit entfernt: „Mir auch."

*

Rosa und Milo hatten sich erst ein halbes Jahr nach dem Kuss wieder gesehen, auf dem jährlichen Ball der Feuerwehr im Februar. Milo hatte Rosa nicht erkannt, dreimal war sein Blick über sie hinweggefahren. Die Farbe der Haare stumpf, die Augen, die ihn im Sommer an die Uferstreifen des Mittelmeeres erinnert hatten, wie Asphalt. Von dem beschwingten Gang eines Mädchens war nichts mehr übrig, es war der Schritt einer vorsichtigen Frau. Sie wechselten kaum ein Wort, sie grüßten einander, dann zog Hans Milo zum Schnapstrinken weg. Milo sah Rosa später an diesem Abend noch einmal, da saß sie allein auf einer Bank neben der Tanzfläche und sah den sich drehenden Paaren zu, sie spielte mit den Fransen ihres Schals, neben ihr stand ein Glas Rotwein, sie sah müde aus und war mit den Fersen aus den Schuhen geschlüpft. Er hatte diesen Anblick nicht ertragen, also war er gegangen.

Mitte März war die Welt für ein paar Tage aus dem Winter erwacht, und Milo hatte einen Spaziergang gemacht. Die Hände in den Hosentaschen war er den Weg entlanggeschlendert und hatte über das Land gesehen. Da und dort war noch Schnee auf den Hügeln gelegen. Auf der Bank vor dem Wegstock, der vor zehn Jahren errichtet worden war, nachdem sich der Jäger dort unbeabsichtigt erschossen hatte, war jemand gesessen. Der Mensch war Milo bekannt vorgekommen, er hatte die Kapuze seines Mantels über den Kopf gezogen, der künstliche Pelz flimmerte in einer kaum spürbaren Brise. Milo hatte den Fremden auf der Bank gegrüßt, der Fremde hatte sich umgedreht, bloß dass es kein Fremder gewesen war, sondern Rosa. Er hatte gefragt, ob er neben ihr Platz nehmen dürfte, und Rosa war nach kurzem Zögern zur Seite gerückt. Milo hatte nicht gewusst, wo er hinsehen sollte, er war sich vorgekommen wie ein Idiot. Noch nie in seinem Leben hatte er sich in Gegenwart einer Frau so gefühlt. Er war jemand, in dessen Gegenwart Frauen unsicher wurden, nicht umgekehrt. Als er leise ihren Namen sagte, hatte Rosa beide Hände vor das Gesicht geschlagen und haltlos angefangen zu weinen. Das Weinen hatte Milo Angst gemacht, hilflos hatte er seine Jackentaschen nach Taschentüchern abgeklopft und das Päckchen in seinen Händen gedreht, bis Rosa ihre wieder vom Gesicht genommen hatte. Mit zitternden Fingern hatte sie eines herausgezogen, sich geschnäuzt und fast unhörbar bedankt.

Rosa war spazieren gegangen, um das erste Grün des Waldes zu sehen, vielleicht ein Schneeglöckchen zu finden, das sie davon überzeugen würde, dass es weiterging, dass es immer weiterging, weitergehen musste, weil es das Leben war. Sie hatte auf der Bank Platz genommen, um eine Weile in das Land zu sehen. Rosa hatte an Hans gedacht, an die vergangenen sechs Monate, die sie damit verbracht hatte, sich um seinen gebrochenen Knöchel zu kümmern. Dieses halbe Jahr lang verliebte sie sich endlos und abgrundtief in Milo

Kruger und versuchte gleichzeitig, sich diese Verliebtheit auszureden. Sie war kein Schulmädchen mehr. Rosa hatte alles davon in einen Schrank in ihrem Inneren gepackt, ganz tief hinten, damit Hans es niemals finden würde. Der gebrochene Knöchel war gleichzeitig Segen und Fluch gewesen. Segen, weil es ihr die Situation zunächst erlaubt hatte, sich im Haus zu bewegen, ohne bei Tagträumereien erwischt zu werden. Es war hauptsächlich ein Traum, der sie verfolgte – er begann damit, dass sie Milo auf dem Treppchen vor der Hintertür fand und furchtbar erschrak. Aber das Gefühl, das sie überkommen hatte, als sie erkannte, dass es Milo war, der da in der Dunkelheit auf sie wartete, überwältigte sie immer noch. Ein warmer, explodierender Ball in ihrem Unterleib, eine Sonne, die irgendwo in ihren Eingeweiden auseinanderfiel und ihre einzelnen Teilchen durch Rosas Adern katapultierte, bis hoch zu ihrem Scheitel, bis in die Fingerspitzen und noch darüber hinaus. Der gebrochene Knöchel war ein Fluch gewesen, vor allem, nachdem Hans die Krücken bekommen hatte. War er zuerst ans Sofa gefesselt gewesen, was ihn mürrisch und ungehalten gemacht hatte, wurde seine Reichweite mit dem Gehbehelf wieder hergestellt. Krücken waren feste Gegenstände aus Metall, dafür gemacht, um einen schweren Menschen zu stützen.

Über all das hatte Rosa auf der Bank nachgedacht, aber dann war plötzlich Milo neben ihr gestanden und hatte gefragt, ob er sich setzen dürfte. Bei seinem Anblick hatte Rosa begriffen, wie machtlos sie gegen diese Gefühle war. Sie war so übermannt, so voller Angst gewesen, dass sie in

Tränen ausbrach, obwohl sie wusste, wie gefährlich das war. Aber Milo hatte sie noch einmal überrascht. Denn nachdem sie sich beruhigt hatte, entschuldigte er sich bei ihr.

„Nein", hatte sie auf Milos Entschuldigung gesagt, sinnlos, denn Nein war keine Antwort gewesen. Er hatte seine Hand auf ihren Unterarm gelegt, eine leichte Berührung, von der Rosa Gänsehaut bekam. Unten, nahe der Autobahn, war ein Zug gefahren, das Rattern der Schienen in der Luft hinter sich herziehend. Rosa hatte zuerst die Hand angeblickt, dann Milo.

„Ich bin verheiratet", hatte sie schließlich geflüstert.

„Ich weiß", war seine Antwort gewesen.

*

„Ich bin auf Urlaub“, sagte Milo, er stand neben seinem Auto, zwischen den Fingern eine Zigarette, „in Slowenien.“

„Verstehe“, antwortete Günther, „seit wann?“

„Das war kurzfristig. Mir ist die Woche etwas ausgefallen, also bin ich heute Morgen los. Ich war noch in St. Pölten.“

„Und Sie haben Hans Gerber nicht gesehen?“

„Doch“, antwortete Milo, „gestern am Nachmittag. Wir haben aber nur kurz miteinander gesprochen. Er ist beim Wirten im Gastgarten gesessen.“

„Verstehe“, sagte Günther noch einmal, er klang, als würde er sich Notizen machen, „und er hat gesagt, was er vorhat?“

„Er hat betrunken gewirkt“, sagte Milo und lachte leise, so wie man lacht, wenn etwas nicht komisch, sondern die traurige Wahrheit ist.

„Das war mir klar.“

Milo nahm einen Zug von seiner Zigarette. Er saugte so lange, bis er spürte, dass der Filter unter dem Druck seiner Finger warm wurde und zusammenfiel.

„Ich habe in letzter Zeit nicht mehr so viel mit ihm zu tun gehabt.“

„Warum?“

„Kein bestimmter Grund. Er ist mir auf die Nerven gegangen.“ Milo ließ die Zigarette zwischen seine Füße fallen und trat sie aus, er hob seinen Blick in den verwilderten Obstgarten. Auf den Ästen der Apfelbäume waren kleine, noch lange nicht reife Früchte, manche hatten Kerben von den Hagelkörnern.

„Und weil Hans manchmal kein sehr netter Kerl" – und hier wollte Milo ‚war' sagen, er biss sich auf die Zunge, so fest, dass er unbewusst „Aua" sagte.

„Hans ist manchmal schwierig." Milo klang beiläufig, obwohl sein Herz irgendwo weit oben an der Kehle schlug, als wollte es sich durchboxen und ihm aus dem Mund springen.

„Und das ist Ihnen erst jetzt klar geworden?"

„Schon länger", sagte Milo, sein Speichel begann, metallisch zu schmecken, „aber es ist nicht leicht, einen Freund einfach so stehen zu lassen."

„Gab es einen konkreten Vorfall?"

„Nein", antwortete Milo und holte Luft, „wir haben einander aus den Augen verloren. Das ist alles."

„Verstehe. Nur Rosa macht sich große Sorgen. Deshalb."

„Ich hab schon mit ihr gesprochen. Ich hab ihr gesagt, was ich Ihnen gesagt habe."

„Wo ist er denn früher immer hin, wenn er weg ist?"

Milo schwieg einige Sekunden lang. Am hinteren Rand des Obstgartens war ein Reh aufgetaucht, es bewegte seine Ohren und kaute. Milo stand gegen den Wind, weswegen es ihn noch nicht wahrgenommen hatte.

„Wissen Sie das nicht?"

„Bis jetzt ist er immer rechtzeitig zurückgekommen, bevor wir ihn suchen mussten."

„Er ist hoch, über die Grenze."

„Tschechien?"

„Sie wissen schon", Milo fingerte eine neue Zigarette aus dem Päckchen, das er auf dem Autodach abgelegt hatte. Es dauerte, bis Günther verstand, und als er es endlich tat, sagte der Polizist: „Ach Gott", es klang, als würde er den Notizblock von sich werfen, auf einen Tisch oder irgendeine andere glatte Fläche, „natürlich. Was sonst."

Die beiden Männer schwiegen.

„Waren Sie einmal mit?", fragte Günther schließlich.

„Ein Mal. Ist aber schon ein paar Jahre her."

„Also wissen Sie nicht, wo genau er hin ist."

„Wie gesagt. Es war nur ein Mal, und ich kann mich kaum erinnern, war zu betrunken. Ich fand es nicht gut. Zu teuer. Und irgendwie dreckig, auch die Mädchen. Hans ist immer allein hoch."

Der Polizist antwortete nicht darauf.

„Rosa sollte nichts davon erfahren." Milo betätigte das Feuerzeug. Das Schnalzen ließ das Reh in seinen Bewegungen innehalten. Es hatte aufgehört zu kauen, die Öffnungen seiner Ohren waren zu Milo gerichtet.

„Das wird sie nicht."

„Der taucht schon wieder auf", sagte Milo, „wie lange ist er jetzt weg?"

„Gestern ist er am Abend nicht heimgekommen."

Milo hörte das Klicken eines Kugelschreibers.

„Nicht einmal ein Tag. Der stößt sich noch durch die tschechische Wildnis."

„Und wenn nicht?“, fragte Günther nach einer langen Pause.

„Ich kenne Hans“, antwortete Milo.

Nachdem sie geendet hatten, beobachtete Milo das Reh im fahler werdenden Licht. Irgendwann drehte es sich um und verschwand im hohen Gras.

*

Sie hatten sich immer donnerstags getroffen, weil Donnerstag der Tag war, an dem Hans zuerst in die Sauna und anschließend zum Stammtisch ging. Die ersten Male hatte Milo auf der Bank vor dem Wegstock auf Rosa gewartet. Sie waren gemeinsam im Wald umhergewandert und hatten sich voneinander erzählt. Manchmal hatten sie inne gehalten und sich umgesehen, hatten voller Erstaunen die Natur betrachtet, die mit jeder Woche heller, grüner, lauter geworden war, so, als würden sie zum ersten Mal einen Wechsel der Jahreszeiten erleben.
Der Winter war vorbei.

Das Leben bahnte sich seinen Weg. Es wurde April. Am fünften Donnerstag, als Rosa Milo zum Abschied die Hand gereicht hatte, waren ihre Finger zwei, drei Sekunden länger zusammengeblieben als nötig. Diesmal war es Rosa gewesen, die auf ihn zugekommen war. Sie hatte sich an Milos Hand zu ihm hingezogen wie eine Ertrinkende, die sich an einem Seil zu einem Boot zieht. Er hatte es kaum geschafft, rechtzeitig seine Arme auszubreiten.

Eine Geistesgestörte, hatte Rosa später gedacht, ich bin geistesgestört. Sie hatte sich leicht gefühlt, beinahe schwindlig, als sie sich im Badezimmer mit kaltem Wasser das Gesicht wusch, die Haut um ihren Mund von den Küssen gerötet.

Sie schliefen nicht lange danach miteinander. Tief im Wald, in einer uneinsehbaren Senke, hatte Milo einen Platz gefunden, er hatte eine Decke mitgebracht, und obwohl es kühl gewesen war, hatte keiner von beiden Kälte verspürt.

Rosa hatte Angst davor gehabt. Hans war ihr erster und einziger Mann gewesen, Sex machte etwas mit ihm und in der Folge mit ihr, das unangenehm war, schmerzhaft. Bis dahin hatte sie den Akt als ein notwendiges Übel erachtet, das zu ihren Pflichten gehörte. Aber wie hatte sie sich getäuscht.

Milo ließ seine Hände lange über ihren Körper gleiten, er küsste sie, und die Erregung, die von ihr Besitz ergriff, war eine neue Größe in Rosas Welt. Man konnte lachen, man konnte weinen – aber für diese Gefühle kannte sie keine Worte, keine Parameter. Mit 41 Jahren erlebte Rosa das erste Mal ein Zusammensein, das kein Besitzergreifen, keine gewaltsame, ruppige Eroberung ihres Inneren war, von der man nur hoffen konnte, dass sie schnell vorüberging. In den Tagen danach war es, als hätte ihr Gehirn die Fähigkeit gewonnen, ein größeres Lichtspektrum wahrzunehmen, die Farben strahlend hell, dunkel und tief. Sie verstand plötzlich, was die Menschen so daran faszinierte. Es gab eine Welt hinter der Welt, und Rosa wollte mehr davon, viel mehr.

Der Wald, die Exponiertheit, die Angst, entdeckt zu werden, machten beide während des Aktes stumm. Sie bissen sich die Lippen wund, flüsterten, manchmal hielten sie hastig inne und lauschten, weil sie dachten, sie hätten Schritte oder Stimmen gehört. Deswegen, erklärte Rosa, wollte sie sich eben manchmal nicht ausziehen. Lange dachte Rosa, Milo hätte keinen Verdacht geschöpft.

Aber als sich der Sommer gen Ende neigte – sie hatten das erste Mal darüber gesprochen, wie sie das im Winter machen würden, wo sie sich treffen sollten – hatte Milo ihr sehr leise, sehr langsam ins Ohr geflüstert, dass er wusste, was Hans mit Rosa machte.

Der Boden hatte sich unter Rosa aufgetan, das Blätterdach war auf sie zugerast und im selben Augenblick zurückgewichen. Sie hatte sich mit Mühe aufgerappelt und überlegt, was sie sagen sollte, der Atem flach und schnell, und sich schließlich für ihre ungelenke Motorik entschlossen. „Ich bin einfach ungeschickt“, hatte sie gesagt und nach ihrer Weste gegriffen. Während sie sich angezogen hatte, mit dem Rücken zu ihm, war sie immer noch gefallen, gleichzeitig nach oben und nach unten. Die Scham hatte an ihr gefressen, war größer und hungriger geworden. Rosa hatte kaum wahrgenommen, was Milo von einer Tante, von einem Onkel, von Steaks auf Gesichtern und Tee unter Tränen bei seiner Mutter in dem alten Haus im Wald erzählt hatte.
So ist das nicht, hatte sie gedacht.

Erst als sie sich fertig angezogen hatte, begriff Rosa. Mit hängenden Armen und offenem Mund hatte sie in die Büsche gestarrt und an Lust gedacht. An Hans. Kein Schlag, den er ihr in den vergangenen Jahren versetzt hatte, war so heftig gewesen wie die Wucht dieser Erkenntnis: Rosa schämte sich, vor diesem anderen Mann die geschlagene Frau zu sein. Sie schämte sich genauso dafür, dass sie es zuließ, wie dafür, dass sie darüber immer so beständig geschwiegen hatte. Aber am meisten schämte sich Rosa für etwas anderes, und es war das andere, das ihr den Boden unter den Füßen entzogen hatte: Sex mit Hans hatte sich verändert und es war Milo, der ihn verändert hatte. Denn ihre Gefühle für Milo hatten nicht nur einen Schrank mit Sonnen angefüllt. Sie hatten in der Finsternis etwas zum Leben erweckt, dem ein monströser Geruch anhaftete. Es war nicht mehr so wie früher. Es tat immer noch weh, es machte ihr immer noch etwas aus, aber sie empfand etwas Neues dabei. Wenn Hans nun mit ihr schlief, stoben Funken in Rosa auf, als schlüge jemand in der Finsternis zwei Steine aneinander, als wäre da ein Tier im Dickicht, ein nicht zu fassender Schemen am Rande ihrer Empfindungen. Der Schmerz hatte sich transformiert, war nicht mehr nur Schmerz, hatte besorgniserregend lustvolle Nuancen bekommen. Farben, die sie erst durch ihr Beisammensein mit Milo kennen gelernt hatte. Jahrelang hatte sie gedacht, sie würde von Hans für etwas bestraft, das sie nicht verstand. Aber nun hinterging sie ihn. Und zu ihrem Entsetzen begriff Rosa in jenem Augenblick, dass ihr Betrug aus Hans' Bestrafung etwas gemacht hatte, das ihr gefiel.

Es verging ein frustrierender, langer Winter, in dem sich Milo und Rosa nicht sehr oft sahen, und wenn, dann saßen sie frierend beieinander, oder manchmal, sehr selten, traute sich Rosa, zu Milo in das Auto zu steigen. Aber das waren keine glücklichen Stunden, sondern Zeiten, in denen Rosa ununterbrochen Angst hatte, von jemandem gesehen zu werden. Sie stritten sich, denn Rosa wollte nicht darüber reden, was Milo immer wieder ansprach – es musste ja nicht so kommen, wie Rosa dachte, dass es kommen würde. Vielleicht, hatte Milo gesagt, würde Hans einer Scheidung sogar zustimmen. Aber die Scheidung war nicht das Problem. Das Problem war die Beziehung zu Milo, immer wieder setzte Rosa ihm das auseinander. Denn das, soviel war sicher, würde Hans nie zulassen. Sie hatte recht, aber das änderte nichts an Milos Wut. Er, der sich nie hatte binden wollen, fühlte sich plötzlich einsam, wenn sie nicht bei ihm war, und wenn sie nicht bei ihm war, war sie bei Hans. Je mehr Zeit verging, desto wütender wurde er darüber, dass sie Nacht für Nacht neben Hans lag, aber noch nie auch nur eine neben ihm gelegen hatte. Für Milo und Rosa gab es kein Bett. Es gab keine Nacht und kein Dach. Es gab kein gemeinsam Einschlafen und gemeinsam Aufwachen, sondern nur eine Lichtung im Wald, jeden Donnerstag, zwischen vier und acht am Abend, denn länger traute sich Rosa nicht, von zu Hause fortzubleiben. Seine Freundschaft mit Hans war zu einer Tortur geworden. Jedes Mal, wenn er ihn sah, fragte sich Milo, warum er nicht früher erkannt hatte, was für ein Mann das war. Sie saßen gemeinsam im Wirtshaus, und bei jedem der Witze, der abfälligen Kommentare von Hans bleckte Milo die Zähne und ertränkte dessen Worte mit dem nächsten Schluck Bier. Milo wusste nicht, was schlimmer war: die Eifersucht oder die Ohnmacht, diese Frau, die er so lieben gelernt hatte, nicht beschützen zu können.

Zu ihrem Geburtstag im Jänner schenkte Hans Rosa eine Schneiderschere aus einer deutschen Manufaktur. Sie war so überrascht gewesen, dass sie begonnen hatte, zu weinen, was Hans zutiefst zu verunsichern schien. Seine Reaktion war ein unbeholfenes Tätscheln ihrer Schulter gewesen, die Mutter hatte schweigend und ausdruckslos an ihrem Kaffee genippt und geradeaus gestarrt. Hans war an diesem Abend noch ausgegangen, als er heimgekommen war, hatte er sie genommen, und danach war Rosa lange mit offenen Augen auf der Seite gelegen und hatte die Wand ihres Schlafzimmers angestarrt. Sie hatte an Milo gedacht. Seit eineinhalb Jahren war sie im Kopf bei einem anderen. Hans hatte begonnen, manchmal seltsame Fragen zu stellen oder Dinge zu tun, die nicht zu ihm passten. Dinge, die beinahe liebevoll waren, so wie die Sache mit der Schere. Sie hatte Milo nichts davon erzählt. Der Winter, das Streiten über Hans und ihre Zukunft hatten der Beziehung genügend abverlangt. Milo und Rosa trafen einander weiterhin, sie zählten die Tage, die sie ineinander verliebt waren, es wurden mehr, ohne dass sich etwas änderte. Sie waren traurig und verzweifelt, und so liebten sie sich oftmals auch.

Doch das Leben ging weiter, weil es immer weitergeht, es wurde wieder Frühling. Rosa und Milo begingen ihren Jahrestag an dem Wegstock, den man aufgestellt hatte, weil ein Gewehr nach hinten losgegangen war. Die Tage wurden warm genug, dass sie einander auf der Lichtung treffen konnten. Sie stritten nicht mehr so oft über ihre Situation, die Not der kalten Wintermonate, das Fehlen eines Platzes war fürs Erste vorbei.

Es wurde Sommer.

Eines Nachts kam Rosa zu sich, sie hatte von einem Begräbnis geträumt, aber wer gestorben war, wusste sie nicht. Ihr Herz klopfte, die Augen waren verklebt, als hätte sie im Schlaf geweint. Der Schmerz zwischen ihren Beinen war immer noch pulsierend. Als Rosa den Arm ihres Mannes von ihrer Brust schob und aufstand, um sich zu waschen, riss sie sich erneut die zerkratzten Stellen an ihrem Rücken auf. Das Blut hatte sich mit dem Leintuch verklebt. Es war das erste Mal in ihrer Ehe gewesen, dass sie einen Höhepunkt erreicht hatte. Ein Spalt hatte sich aufgetan, die Gedanken dahinter noch lange nicht bereit, auf die Welt zu kommen, ein Embryo mit Haut auf den Augen. Und dann, keine zwei Monate später, waren die Dinge so dermaßen außer Kontrolle geraten.

*

Denn das waren sie, die Dinge, außer Kontrolle.
Rosa stand vor dem Badezimmerspiegel und kämmte ihr nasses Haar. Nach dem Telefonat mit Milo war sie zurück ins Bad gegangen und hatte begonnen, ihre Haare zu entwirren. Erst da hatte sie sich zum ersten Mal angesehen, hatte in der Bewegung inne gehalten und ihr Gesicht betrachtet. Die tiefen Falten, die sich wie über Nacht links und rechts von ihren Mundwinkeln gebildet hatten, die steile Furche zwischen ihren Augenbrauen. Ihre Lippen, ganz blass in einem blassen Gesicht. Ihre Augen. Sie beugte sich vor, betrachtete die Poren auf ihrer Nase, die vereinzelten Sommersprossen. Sie fand, sie sah anders aus als sonst. Rosa fuhr sich noch einmal mit der Bürste durch das Haar. Vielleicht war sie ja diejenige, die tot war. Vielleicht war das die schlimmste aller möglichen Strafen, gefangen in einer Zwischenwelt, ohne jemals sterben zu dürfen. Sie dachte an Hans, an seine verdrehten Glieder am Fuß der Treppe. An den kirren Augenblick, als sie ihm die Schere in den Bauch getrieben hatte, nicht, weil er ihr wehgetan hatte, sondern weil er sie verlassen wollte. „Ich will dich nicht mehr“, das hatte er zu ihr gesagt, und er hatte es gemeint. Sie dachte an das klatschende Geräusch ihrer Handflächen auf seinem nackten Brustkorb, als sie Hans die Treppe hinuntergestoßen hatte.

Rosa drehte das Licht im Bad ab und ging nach unten. In der Küche sah sie auf die Uhr, es war kurz nach acht, draußen rosafarbene Luft, die Sonne ging unter. Das Handy lag noch immer im Wohnzimmer auf dem Tischchen, sie machte Licht, griff nach dem Telefon und wählte die Nummer der Mutter.

„Ist er da?", fragte diese ohne ein Grußwort.

„Nein", sagte Rosa, „er ist nicht da."

„Was hast du die ganze Zeit gemacht?"

„Aufgeräumt."

„Das ist gut, das lenkt ab. Hast du etwas gegessen? Ich hab noch aufgetaute Lasagne über."

Vor dem Fenster zeichnete sich die Thujenhecke gegen das letzte Blau des Himmels ab.

„Ja", log sie.

„Was mach ich dann jetzt mit der Lasagne", sagte die Mutter, „kommst du noch rüber?"

Rosa zögerte so lange, dass die Mutter fragend ihren Namen sagte.

„Ich denke, es ist besser, wenn ich hier bleibe. Falls er zurückkommt."

Rosa sah nach unten, auf die Sofapolsterung, und dann wieder aus dem Fenster.

„Hast du deine Medikamente genommen?", fragte sie.

„Ich mach das später."

„Mach es jetzt", sagte Rosa, „ich will hören, wie du sie nimmst."

Die Mutter zog eine Lade auf, Rosa hörte, wie das Telefon auf

einer harten Oberfläche abgelegt wurde, wie die Mutter eine Tablette aus dem Blister drückte, eine zweite und dann, wie sie nach einem Wasserglas griff und die Tabletten schluckte.
„Zufrieden?“ Die Mutter klang verstimmt.
Als Rosa schwieg, legte die alte Frau einfach auf.

Rosa setzte sich auf das Sofa. Ihre Hand griff nach der Häkelarbeit, einen kurzen Augenblick lang befühlte sie das dünne, harte Garn, aus dem ein Ziervorhang entstehen würde. Sie überlegte, ob sie fernsehen sollte, aber durfte man das? Um vier Uhr morgens den Mann umbringen und dann am Abend vor dem Fernseher sitzen und häkeln? Sie drehte das Licht im Wohnzimmer ab und blieb in der einsetzenden Dunkelheit auf dem Sofa sitzen. Rosa dachte an die Kiste, die sie am Vormittag in das Gartenhäuschen gebracht hatte. Sie stand auf und ging in die Küche, wo am Kühlschrank die Abholtage der Müllabfuhr verzeichnet waren. Übermorgen kamen sie den Restmüll holen. Was weg war, war weg.

Sie nahm einen schwarzen Müllsack, ging in das Gartenhaus, öffnete die Kiste, nahm die Zeitschriften heraus und schüttete alles, was von dem Kampf zeugte, in den schwarzen Sack. Den Müllsack brachte sie zum Unterstand mit den Mülltonnen neben der Garage. Obwohl sie geschlossen waren, nahm Rosa den leichten Verwesungsgeruch der Spatzen wahr, die sie im Verlauf der vergangenen Wochen entsorgt hatte. Sie öffnete den Deckel der schwarzen Tonne, eine Wolke des Gestanks entwich dem Behältnis. Sie verharrte darin, flach atmend, und starrte auf einen der Kadaver: die

Beinchen seltsam angewinkelt, kaum dicker als Zahnstocher, die Federn zerzaust, als wäre der Leib darunter deformiert. Nie wieder seine toten Vögel, dachte sie. Nie wieder seine dreckige Unterwäsche. Nie wieder seine Hände über meinem Mund, nie wieder sein Geruch in meiner Nase. Nie wieder.

„Hallo Rosa." Sie fuhr herum, ihre Hand hielt den Deckel der Tonne. Auf der anderen Seite des Gartenzaunes sprang die Nachbarin von gegenüber vom Rad. Rosa grüßte kaum vernehmlich zurück, sie sah der Nachbarin zu, wie diese ihr Fahrrad über die Straße auf die Einfahrt zuschob, das leise Tackern der sich drehenden Reifen das einzige Geräusch. Rosa schüttelte den Kopf, sie stopfte den Sack in die Tonne und ging wieder ins Haus. Sie schloss hinter sich ab, nahm das Handy, löschte die Lichter und ging nach oben. Angezogen legte sie sich auf das Bett und starrte an den Plafond. Ihre linke Hand strich ein paar Mal sanft über die Decke auf der leeren Seite des Bettes, sie sah ihrer Hand dabei zu. Sie versuchte, sich den Ort vorzustellen, an dem Milo aufgewachsen war. Den Ort, zu dem er gefahren war, um dort im Wald ihren Mann zu vergraben.

*

Milo stand im Obstgarten, Hose und Schuhe feucht vom kniehohen Gras. Im letzten Licht des Tages griff er nach einem der Äste und zog ihn zu sich herunter, er riss einen kleinen Apfel ab und biss hinein. Die Säure zog allen Speichel aus seinem Mund. Er warf den angebissenen Apfel weit von sich, der Trockenheit seiner Mundhöhle nachfühlend. Der Ast war voller Früchte, die Ernte im Herbst würde reichlich werden, sogar wenn die Äpfel verfaulten, die der Hagel angeschlagen hatte. Er fragte sich, ob jemand aus der Gegend kam und die Früchte aus dem Garten zusammensammelte. Milo ging zu einem Zwetschkenbaum, die Zwetschken waren noch unreif, aber die meisten davon trotzdem schon voller Würmer. Ein gutes Jahr für Äpfel, ein schlechtes Jahr für Zwetschken, dachte Milo, und ein besonders schlechtes Jahr für Hans. Beinahe hätte er gelacht. Er drehte sich um und sah zu seinem Wagen. Das Auto kam ihm plötzlich viel zu protzig, zu amerikanisch vor. Der alte Kastenwagen hatte doch vollkommen gereicht. Er lebte nicht in der Wüste oder der Wildnis von Kanada. Einen Apfel mit seinen Fingern befühlend kreuzte das erste Mal der Gedanke seinen Kopf, den Wagen wieder zu verkaufen.

Milo trat an ein Fenster des Hauses. Er legte beide Hände an die Seiten seines Gesichtes, um durch das staubige Glas nach innen zu sehen. Die Küche war leer, der alte Holzboden aufgebogen von der Feuchtigkeit. Er trat einen Schritt zurück und blickte zu seinem Auto, dann sah er sich auf dem alten Hof um. Ein leichter Wind hatte eingesetzt, der Himmel war bewölkt.

Milo würde ihn nicht hier begraben, nicht so nahe beim Haus. Es war zu dunkel geworden, um jetzt noch in den Wald zu gehen, er hatte keine Taschenlampe und musste erst das Werkzeug zusammensammeln. So entlegen dieser Ort auch war, Milo wollte weder Lärm machen noch durch das Licht von Scheinwerfern Aufmerksamkeit erregen.

Zögerlich öffnete er den Kofferraumdeckel und betrachtete den in Leintücher gewickelten Körper. Er legte eine Hand auf die Füße und bemerkte die Steife des Toten unter dem Stoff, er zog die Hand wieder zurück, die Haare in seinem Nacken stellten sich auf. Milo hielt die Luft an, dann griff er nach Hans' Beinen, umfasste mit beiden Händen die Knöchel und begann, den Toten aus dem Kofferraum zu ziehen. Hans kam ihm sehr schwer vor, viel schwerer als am Morgen. Aber da waren sie auch zu zweit gewesen, um ihn in das Auto zu heben, beide hellwach und voller Kraft, die vom Adrenalin freigesetzt worden war. Milo zog Hans so weit vor, dass er ihn in den Kniekehlen nehmen konnte. Als die Füße des Toten den Boden berührten, sprang Milo um ihn herum und umfasste seine Brust. Er wollte nicht, dass Hans' Kopf auf dem Boden aufschlug. Er wollte überhaupt nicht, dass irgendein Teil seines Freundes hart fiel. Als Hans auf der Wiese hinter dem Auto lag, bückte Milo sich und rollte ihn unter den Wagen. Milo schlug den Kofferraumdeckel zu, ging um das Auto herum und setzte sich auf die Rückbank. Bei offener Tür aß er eines der Salamibaguettes, es war matschig geworden, dann rauchte er eine Zigarette, die Glut an der Spitze das einzige Licht. Er warf die Zigarette in die hohe Wiese, trank ein wenig Wasser, zog die Tür zu und legte sich auf die Rückbank. Er schloss die Augen, und obwohl er dachte, er würde nicht einschlafen können, war er sofort weg.

Milo, der auf der Seite lag, die Beine angezogen und die Arme um seinen Körper gelegt, der Kopf ruhte auf seiner Tasche, träumte nicht. Er hörte nicht, als es wieder anfing, zu regnen.

*

Sie war nicht nach unten gegangen, um nachzusehen, ob Hans noch lebte, sondern war oben an der Galerie stehen geblieben und hatte seine Umrisse betrachtet. Unten war es dunkel gewesen, nur im Vorraum hatte Licht gebrannt, das sich einen langen Weg durch das Wohnzimmer in den Gang bahnen musste. Erst, als sie heftig angefangen hatte, zu zittern, realisierte Rosa, dass sie nackt war. Sie war ins Schlafzimmer gelaufen, hatte die Tür hinter sich zugeworfen und abgesperrt. Ihre Finger hatten ein unkontrollierbares Eigenleben entwickelt, immer wieder hatte Rosa inne gehalten bei dem Versuch, die Tastatur des Handys zu entsperren, hatte auf die Sirenen gewartet, ein Läuten an der Tür. Aber das waren die kleinen Dinge gewesen, vor denen sie sich gefürchtet hatte. Wirkliche Angst hatte sie vor Hans gehabt. Milo hatte sofort gewusst, dass es Rosa war, die ihn mitten in der Nacht anrief. So, wie er gewusst hatte, dass etwas mit ihr geschehen war. Sie war nicht imstande gewesen, sich zu artikulieren, gleichzeitig weinend und um Atem ringend war sie hinter dem Bett gesessen und hatte immer wieder über den Matratzenrand zur Tür gelugt. Das Grauen darüber, wie dünn die Tür war und wie zornig Hans sein musste, hatte sie aufgefressen. Mit jeder Sekunde war sie sich sicherer gewesen, dass er die Tür eintreten würde, so wie die Tür zum Badezimmer. Milo hatte ihr gesagt, wie sie atmen sollte, durch die Nase ein und durch den Mund wieder aus, einmal, zweimal, fünfmal, bis sie in der Lage gewesen war, ein paar Sätze zu flüstern. Einer davon hatte gelautet: „Er bringt mich um, Milo, diesmal bringt er mich um“, ein anderer: „Ich habe etwas Schreckliches getan.“

Als er Rosa gefragt hatte, wo sie sei, hatte sie aufgeschrien, sicher, sie hätte etwas gehört, und der Schrei war Milo durchs Rückenmark in den Schädel gefahren wie Strom. Er hatte sich angezogen, während er mit ihr telefonierte, die Zeit hatte sich gedehnt, war ihm vorgekommen wie Stunden, ein Albtraum, in dem man läuft und nicht von der Stelle kommt.

„Im Schlafzimmer“, hatte sie endlich geflüstert. In Milos Eingeweiden hatte sich eine kalte Flüssigkeit entleert, viel zu viel davon.

Er war zum Carport gelaufen, ohne Licht zu machen, er hatte den Wagen rückwärts auf die Straße gesetzt und sich gezwungen, nicht zu rasen. Die Straßen waren still gewesen und bis auf ein paar vereinzelte Laternen finster, nicht einmal die Hunde schliefen in Hinterbach draußen. Als er die Kriemhildgasse erreicht hatte, passierte er das Haus der Gerbers, dahinter bog er rechts ab und dann noch einmal, auf den Güterweg, der die Häuser vom Fluss trennte. Den Wagen hatte er vor der Gartentür geparkt, die in die hohe Thujenhecke eingelassen war. Er hatte über die Gartentür gegriffen, den Riegel zurückgezogen und sie dann geöffnet. Die Hintertür des Hauses war abgesperrt gewesen, also war er um das Haus herumgelaufen, wobei er gesehen hatte, dass im oberen Stockwerk hinter zwei Fenstern Licht brannte. Die Eingangstür der Gerbers war nicht ganz geschlossen gewesen. Er hatte vorsichtig seine flache Hand an die Tür gelegt und sie langsam aufgeschoben, im Vorraum hatte Licht gebrannt. Er hatte leise nach Hans gerufen und die Tür hinter sich geschlossen, innerlich gefasst auf einen Kampf, der schon viel zu lange ausstand. Doch keiner hatte geantwortet, nur die Stille eines Hauses bei Nacht und irgendwo das Ticken einer Uhr, die Zeit in kleine, ordentliche Einheiten zerhackte. Auf dem Boden des Vorzimmers waren Schuhe gelegen, halb unter einer Hose begraben. Die Kleidungsstücke waren nass, dreckig und voller grüner, kleiner Kugeln und Blattreste eines klebrigen Krautes gewesen, das hier überall in den Wäldern wuchs. Das Wohnzimmer war nur noch partiell beleuchtet gewesen, er hatte den Raum durchquert, bis er in den Gang hatte blicken können. Dort, zwischen Küchentür und Treppe, war etwas Großes halb auf den Stufen, halb auf den Fliesen gelegen. Leise und voller Angst hatte er ihren Namen gesagt, doch der Körper hatte sich nicht bewegt, hatte nicht geantwortet. Milo hatte einen Schritt vorwärts gemacht und dann noch einen, und schließlich war er neben Hans gestanden, der mit dem Gesicht nach unten auf dem Boden lag, dessen rechter Arm grotesk abgewinkelt im Geländer hing. Er hatte versucht nach oben zu blicken, hinter die Galerie.

„Rosa?“, hatte er wieder gefragt, lauter diesmal, aber immer noch geflüstert. Oben war es still geblieben. Er hatte gedacht, dass sie tot sein müsste, dass es gar nicht anders sein könnte. Aber trotzdem war er über den Arm gestiegen, hatte sich an Hans vorbei die Treppen hochgearbeitet, darauf bedacht, nichts zu berühren. Im Badezimmer war Licht gewesen, die Klinke der Badezimmertür fehlte, die Tür war rechts unten eingedrückt, jemand hatte dagegen getreten. Der Duschvorhang im Bad, zur Hälfte aus den Halterungen gerissen, hing in der Wanne, da war Blut auf dem Boden, aber nicht viel. Eine Zahnbürste und ein hellgelbes, zusammengeknülltes Stück Stoff auf dem Badvorleger, ein silberner Becher im Waschbecken. Er hatte in den Gang gesehen, vier Türen, zwei rechts, eine an der Stirnseite und eine neben dem Bad. Unter dieser war ein schmaler Lichtstreifen in den Gang gefallen, er war langsam darauf zugegangen, er hatte geklopft, eine Geste, die in Anbetracht der Uhrzeit und dem, was er hier vorgefunden hatte, absurd wirkte. Durch die geschlossene Tür hatte er Rosas Namen gesagt und die Klinke nach unten gedrückt, aber es war abgesperrt gewesen.

„Bist du da drin?“, hatte er sanft gefragt, er hatte nichts dabei gefühlt, er hatte sich diese Angst verboten. Es war nicht seine Schuld, es durfte nicht seine Schuld sein.

„Mach auf“, hatte er leise gesagt, „Liebling, mach mir auf.“

Erst da hatte er Bewegung im Zimmer gehört. Sie hatte nach dem Schlüssel gegriffen und ihn gedreht, Milo hatte die Tür geöffnet. Ihr Anblick hatte ihn schockiert, viel mehr, als es der Tote auf der Treppe getan hatte. Sie lebt, hatte er gedacht, sie hat ihn umgebracht. Aus ihrer Nase war Blut gelaufen, das Blut war auf dem Gesicht verschmiert und angetrocknet. Ihre Haare in wilder Unordnung, sie war nackt, hatte sich aber in eine Decke gewickelt. Da war eine große, blau-violette Schramme unterhalb ihres rechten Busens, die aussah, als hätte das Gewebe darunter das volle Ausmaß der Schwellung noch nicht erreicht. Sie war hysterisch gewesen. Wie ein Fisch an der Luft hatte sie ihren Mund auf und zu gemacht, wieder und wieder.

„Ist er tot?", war alles, was sie endlich rausgebracht hatte.

Milo hatte sie um Leintücher gebeten und ihr dann befohlen, sich das Gesicht zu waschen, die Haare zu kämmen und sich anzuziehen. Während sie das getan hatte, befreite Milo Hans aus dem Geländer und drehte ihn um. Als er die Schere im Bauch seines Freundes entdeckte, war er noch einmal nach oben gegangen und hatte Rosa nach einem großen Müllsack gefragt. Er fand die Rolle unter dem Spülbecken in der Küche und zog Hans einen der Säcke über Kopf und Torso. Während er all das getan hatte, eilig, weil er wusste, dass die Sonne bald aufgehen würde, hatte er an nichts gedacht. Er hatte den Toten in Leintücher gewickelt und anschließend die nassen Schuhe und die Hose aus dem Vorzimmer in einen weiteren Sack gestopft und neben ihm abgestellt. Er war nach oben gegangen, wo Rosa im Schlafzimmer auf dem Bett gesessen und vor und zurück gewippt war, mit offenen Augen, die nichts sahen. Als er sie gebeten hatte, hinunterzukommen, war sie wortlos aufgestanden und ihm gefolgt. Milo hatte Hans an den Schultern genommen, Rosa ihren Mann an den

Füßen, und so hatten sie ihn durch den Garten getragen. Sie hatten ihn unter dem Kirschbaum abgelegt, damit Milo sich vergewissern konnte, dass kein Jogger, kein extremer Frühaufsteher mit seinem Hund auf dem Güterweg war. Gemeinsam hatten sie den Toten in den Kofferraum gehievt, und während Milo den Sack mit den Kleidungsstücken zum Auto gebracht hatte, war Rosa in der Küche geblieben, um Kaffee zu machen.

„Hat er die Tür bloßfüßig eingetreten?", hatte Milo gefragt. Rosa hatte mit den Schultern gezuckt.

„Überleg."

Rosas Rücken war steif geworden.

„Er hat keine Schuhe angehabt."

„Sicher?"

„Ich habe nicht auf seine Schuhe geachtet!", hatte sie unvermittelt gebrüllt, Milo war zusammengezuckt, dann hatte er sich schweigend umgedreht und war noch einmal hochgegangen. Niemand trat mit bloßen Füßen eine Tür ein. Einer der Pantoffeln war hinter der eingetretenen Badezimmertür gewesen, der andere war durchs Treppengeländer gefallen und hatte sich in den Blättern der Pflanzen verfangen. Milo hatte die Pantoffeln ins Vorzimmer gebracht und in eine Lücke zwischen zwei andere Schuhpaare gestellt. Mit der Kaffeetasse in der Hand, leise, rasch und im Stehen hatte Milo Rosa erklärt, was sie tun sollte. Sie müsste zur Polizei gehen und Hans als vermisst melden, so wie sie es bisher getan hatte, wenn sie ihn länger als 24 Stunden weder gesehen noch gehört hatte. Sie müsste das Haus sauber machen, überall, sie sollte die Türen abwischen, auch die Rahmen, die Schränke in der Küche, die Böden waschen. An den Stellen, wo Blut war, sollte sie mit Bleiche putzen, wenn sie eine hatte, wenn sie keine hatte, dann nicht. Er schärfte ihr ein, dass sie unter keinen Umständen in diesem Zustand frühmorgens Bleiche kaufen gehen dürfte. Es wäre wichtig, dass das Haus sauber war, wenn jemand vorbeikam. Ordentlich. So wie immer. Sie sollte nichts verändern. Draußen war es schon heller gewesen, sie hatten beide gewusst, ab jetzt ging das sehr schnell mit dem Licht. Es waren nur 30 Minuten vergangen, seit Milo das Haus betreten hatte, aber es fühlte sich an, als hätten sie Stunden gebraucht. Es war kurz vor halb fünf gewesen. Er hatte sie zum Abschied weder geküsst noch in den Arm genommen, sondern an den vergangenen Donnerstag gedacht, als sie sich das letzte Mal gesehen hatten, an den Ausdruck in ihrem Gesicht, als seine Hand vorgefahren war, an das Leuchten ihrer Bluse unter dem Blätterdach des Waldes.

Auf dem Weg zu sich nach Hause war Milo ein Auto entgegengekommen, die Frau darin hatte müde Augen gehabt und gegähnt. Zu Hause hatte er geduscht, eine Tasche gepackt und sich aufs Bett gelegt, um nachzudenken. Kurz vor acht war Milo aus dem Haus gegangen, ohne zu wissen, wie die Zeit so schnell vergangen war.

*

Milo war plötzlich wach. Er wusste nicht, was ihn geweckt hatte. Zuerst dachte er, er hätte gar nicht geschlafen, aber dann spürte er, wie steif seine Glieder von der gekrümmten Haltung auf der Rückbank seines Autos waren. Probeweise streckte er einen Arm von sich, dann sein linkes Bein, bis er mit dem Schuh gegen die Tür stieß. Als er sich aufsetzte und sein Blick aus der Windschutzscheibe auf den Horizont fiel, sah er, dass sich dort ein schmaler, heller Streifen gebildet hatte. Milo griff nach der Wasserflasche und trank einen Schluck, in seinem Mund hatte er einen schlechten Geschmack. Er saß auf dem mittleren Sitz seiner Rückbank und starrte nach vorne, sah der Sonne dabei zu, wie sie aufging. Als er in den Schatten erste Umrisse erkannte, stieg er aus, ein Knochen knackte unangenehm in seiner Schulter. Er ging ein paar Schritte über den Hof zu dem Gebäude, in dem sie früher Saft gepresst hatten. Breitbeinig stellte er sich an die Wand und pinkelte gegen die Mauer, Putz bröckelte ab, der Urin dampfte in der Morgenluft. Zurück bei seinem Auto bückte er sich und sah auf die Leintücher. Eine Nacktschnecke klebte obenauf, Milo konnte in den ersten Strahlen der Sonne die glitzernde Spur sehen, die sie auf dem Stoff hinterlassen hatte. Die Spur war seltsam gerade, wie mit einem Lineal gezogen. Milo richtete sich wieder auf, rieb seine Hände aneinander und wandte sich nach Osten.

Er betrat den Güterweg, der hinter dem Gebäude mit der Saftpresse begann. Der Weg führte am Wald entlang, rechts von Milo war zuerst noch der Obstgarten, dann hörte der Garten auf und wurde von einer hohen Wiese abgelöst. Der Weg bog scharf nach links in den Wald ab, und Milo, nun umfangen von Bäumen, betrat eine Düsternis, in die sich die Sonne nie vollständig hineinarbeitete. Er hörte den Ruf eines Eichelhähers, irgendwo knackte es im Gebüsch. Das Gelände stieg an, auf der Kuppe zweigte nach rechts ein Hohlweg ab, den Milo nahm. Der Wald hatte sich verändert. Eine Stelle kam ihm zu hell vor, die Bäume waren viel niedriger als in seiner Erinnerung, wahrscheinlich waren sie irgendwann geschlägert und dann neu aufgeforstet worden. Er ließ seinen Blick an der rechten Seite des Weges entlanggleiten, auf der Suche nach dem Grenzstein. Beinahe wäre er daran vorbeigegangen, der Stein war mit Moos bedeckt und stand schief, war zu einem Teil des Waldes geworden. Milo legte seine Hand auf das feuchte Moos. Die Parzelle war verwahrlost. Überall hohe Büsche und junge Bäume, dazwischen vermodernde Stämme und Brombeerranken. Er begann, sich durch das Gebüsch zu kämpfen, Zweige zerrten an seinen Ärmeln, ein paar Mal blieb er an Dornen hängen. Es wurde merklich wärmer, je höher die Sonne stieg, Mücken umschwirrten seinen Kopf. Milo spürte einen stechenden Schmerz auf seinem Unterarm und schlug hin. Als er die Hand wieder hob, war da ein Blutfleck. Die Bremse, dick und groß, hing an seiner Haut. Mit Daumen und Zeigefinger pflückte er sie ab und warf sie von sich. Er dachte irgendwann, dass er in die falsche Richtung ging, aber dann schob er einen Zweig zur Seite und stand plötzlich auf der Lichtung, nach der er gesucht hatte. Als Kind hatte er hier manches Mal gespielt, aber der Ort war ihm immer unheimlich gewesen. Man hatte die Lichtung nie händisch freihalten müssen, die Pflanzen waren hier einfach nicht gewachsen, was er damals auf zwischenweltliche Angelegenheiten zurückgeführt hatte, wie jedes Kind, das an seiner Stelle gewesen wäre. Sein Bruder Luca hatte immer von Geistern gesprochen. Vielleicht, dachte Milo, weil Luca geahnt hatte, dass er selbst einer werden würde. Mit seinem Fuß scharrte Milo probeweise in der Erde herum – weicher, lockerer Waldboden, von der mürben Blätterschicht des vergangenen Jahres bedeckt. Er dachte darüber nach, wie tief das Loch werden musste – gab es in Slowenien noch Wölfe oder Bären? Ein paar Mal ging er um die Lichtung herum, bis er einen Platz gewählt hatte. Milo blieb darauf stehen und kratzte sich, wo die Bremse ihn gebissen hatte. Er nickte.

*

Rosa stellte eine Tasse unter die Ausgabe der Kaffeemaschine und betätigte den Knopf. Das Mahlwerk begann Bohnen zu zerkleinern. Rosa sah aus dem Fenster, ein Spatz hopste über die Wiese, ein zweiter gesellte sich dazu. Dann flogen beide erschrocken auf, als hätten sie eine Katze oder einen anderen Räuber entdeckt. Gluckernd füllte sich die Tasse mit Kaffee. Rosa ging zum Tisch, bückte sich und sah unter die Sitzbank. Sie hob das Luftdruckgewehr aus der Verankerung, die Hans unter der Bank längs der Leiste montiert hatte. Das Gewehr war leicht, nichts an seinem spielzeughaften Charakter deutete auf die Bedrohung hin. Rosa nahm die Schachtel mit den Patronen und ging damit in den Gang, sie öffnete die Tür zum Keller, machte mit dem kleinen Finger ihrer rechten Hand Licht und stieg langsam die Treppe hinunter. Bei jedem Schritt klackerten die Patronen in der Metallschachtel. Der Kasten mit den Gewehren stand an der hinteren Wand. Er war unversperrt, Rosa zog die Tür auf und stellte das Luftdruckgewehr zwischen die zwei Jagdgewehre, die Patronenschachtel legte sie auf den Kasten. Sie schloss die Kastentür, aber die Tür sprang wieder auf. Sie musste sich dagegen lehnen, damit sie zublieb.

Rosa nahm die Kaffeetasse aus der Maschine, hielt sie an ihre Lippen und blies darauf, sie nahm einen kleinen

Schluck. Mit der Tasse in der einen und dem Handy in der anderen Hand ging sie zur Hintertür und setzte sich auf das Treppchen in die Morgensonne. Sie stellte den Kaffee neben sich ab und wählte die Nummer der Polizeistation. Der Neue erklärte, Günther wäre noch nicht auf dem Revier, also probierte sie es auf dessen Handy.

Günther hob erst nach dem vierten oder fünften Läuten ab, er schnaufte.

„Rosa“, er keuchte zweimal, „ich bin gerade noch unterwegs.“

„Bist du laufen?“

„Na ich versuch's. Es bringt mich um.“

Er keuchte wieder, dann fragte er: „Ist er aufgetaucht?“

„Nein. Er ist nicht aufgetaucht.“

Es blieb eine Weile still zwischen ihnen, Rosa hörte ein Auto an Günther vorbeifahren.

„Also“, begann er schließlich, sein Atem nun ruhiger, „wie lang ist er jetzt weg? 48 Stunden?“

„Fast, ja.“

Günther schien sich zu setzen, im Hintergrund quietschte das Holz einer Bank.

„Was machen wir jetzt.“ Es klang, als sagte er es zu sich selbst.

„Ich weiß nicht“, antwortete Rosa, „keine Ahnung.“

Ein weiteres Auto fuhr an Günther vorbei.

„Ich geh jetzt mal in die Arbeit und werde ein bisschen herumtelefonieren.“

„Bitte.“

Nachdem sie sich voneinander verabschiedet hatten, drehte Rosa das Telefon noch eine Weile in ihren Händen, bevor sie es neben sich auf der Stufe deponierte. Rosa umschloss die Kaffeetasse mit ihren Fingern und trank in kleinen Schlucken, während sie dazwischen immer wieder die Augen schloss. Ihr Gesicht dem Himmel entgegengereckt lauschte sie den Geräuschen des Morgens.

Gegen zehn Uhr vormittags rief die Mutter an und fragte, ob Rosa zum Mittagessen kommen würde. Sie verabredeten sich für eins. Rosa holte Handschuhe und einen Kübel aus dem Gartenhaus und betrat ihren kleinen Gemüsegarten, den sie in einer Ecke angelegt hatte, um darin Tomaten, Gurken, Kürbisse und ein paar Kräuter zu ziehen. Rosa begann, Unkraut zu jäten. Es wurde schnell sehr heiß in der Sonne, aber Rosa zwang sich, weiterzumachen, zog Pflänzchen aus der Erde, riss verdorrte Blätter ab. Gegen zwölf ging sie mit hochrotem Kopf und vor Schweiß an der Stirn klebenden Haaren ins Haus und duschte sich.

Als Günther anrief, sperrte Rosa eben ihre Haustür ab. Sie klemmte das Telefon zwischen Schulter und Ohr, verstaute die Schlüssel in ihrer Hosentasche und betrat die Garage, um ihr Fahrrad zu holen. Das Fehlen des Autos fiel Rosa im selben Moment auf, in dem Günther sie darüber informierte, dass er Hans' Wagen gefunden hatte.

Sein Auto. Das Auto war nicht in der Garage. Rosa erfasste ein heftiger Schwindel, sie sah kaum etwas, weil sie aus dem hellen Sonnenlicht in das Dunkel getreten war, Hunderte bunte Kreisel durchsiebten ihr Sichtfeld. Sie streckte eine Hand nach der Wand aus, dann ging sie in die Knie und setzte sich auf den kühlen, nach Öl und Abgasen riechenden Betonboden.

„Das Auto steht beim Hubmeier", sagte Günther, „ich hab mit dem Hubmeier geredet, der sagt, dass Hans am Sonntag bei ihm gesessen ist und Karten gespielt hat, gemeinsam mit dem Siggi, dem Edmund und dem Schober Pepi. Der Hubmeier hat sie um sieben rausgeschmissen."

„In der Früh?", fragte Rosa verwirrt. Sie hatte die Beine von sich gestreckt und saß vorgebeugt.

„Am Abend. Sonntagabend um sieben hat er sie rausgeschmissen. Der macht doch am Sonntag eigentlich immer schon um drei zu. Er hat gesagt, dass ordentlich gebechert worden ist. Er hat selber ein bisschen was mit ihnen getrunken, aber irgendwann ist ihm das alles dann zu viel geworden, und er hat gesagt, er will zumachen. Sie sind nur sehr widerwillig gegangen, aber sie sind gegangen."

Rosa begann, durch ihre Nase ein- und durch den Mund wieder auszuatmen, so wie Milo es ihr gezeigt hatte, aber sie schien etwas falsch zu machen.

„Alles in Ordnung mit dir?" Günther klang plötzlich besorgt.

„Mir ist nur grad so schlecht. Kann ich dich zurückrufen?" Sie hörte nicht mehr, was er sagte, Rosa ließ das Telefon auf den Boden fallen, kroch auf allen vieren aus der Garage, der Boden fühlte sich an, als wäre sie auf einem riesigen Schiff und das Schiff in einem Sturm, alles schlingerte von rechts nach links und wieder zurück. Rosa erbrach Speichel und ein wenig Kaffee in die Wiese hinter der Garage.

Das Auto, dachte sie, das Auto, das Auto, das Auto. Wie hatte sie das vergessen können. Wenn er nicht mit dem Auto heimgekommen war, wie dann? Er war doch so ungern zu Fuß gegangen, seit das mit dem Knöchel passiert war – das Wirtshaus vom Hubmeier war sicher dreieinhalb Kilometer von ihrem Haus entfernt, in Tausend Jahren wäre Hans von dort nicht gegangen. Wie war er nach Hause gekommen?

Der Brechreiz ließ nach, Rosa richtete sich auf und strich sich die Haare aus der Stirn. Sie saß auf ihren Waden, die Hände auf den Oberschenkeln abgelegt starrte sie die Rückwand der Garage an. Sie saß in einer toten Ecke, rechts die Thujenhecke, hinter ihr das Haus. Hier war immer Schatten. Hier wuchs nur feuchtes, weiches Moos. Hier würde sie niemand finden, hier würde ewig Mittag sein, die Sonne immer im Zenit stehen, es würde August bleiben, für alle Zeit, die Zeiger keiner Uhr würden sich irgendwohin bewegen. Hier würde niemand herausfinden, was sie getan hatte.

*

Milo griff nach dem Vorhängeschloss an der Schuppentür. Er betrachtete den Rost darauf und ließ es wieder los, das Klackern des Schlosses am trockenen Holz das einzige Geräusch auf dem Hof. Milo sah zu seinem Pick-up und weiter zum Haus, in dem er gelebt hatte, bis er zwölf gewesen war. Das Haus sah in der Morgensonne aus, als wäre es in sich zusammengesunken. Ihm fiel auf, dass die mittlere der drei Stufen, die zu dem kleinen Podest vor der Eingangstür führten, gebrochen war. Eine Pflanze wuchs aus dem Spalt im Beton. Er glaubte die Kombination des Schlosses an der Schuppentür immer noch zu kennen, aber keiner der Ringe ließ sich bewegen, die Ziffern waren unleserlich geworden. Die Sonne brannte auf seinen Rücken, es war jetzt schon heiß, der Tag würde mehr als 30 Grad bringen, vielleicht sogar 35. Irgendwo begann ein Vogel zu singen, aber er gab nach ein paar Tönen auf, wie ein Sänger, der auf die Bühne tritt und feststellt, dass er kein Publikum hat.

Milo griff nach dem ersten Brett in der Holzwand neben der Tür und zog daran. Das Brett löste sich ohne großen Widerstand, er war überrascht, wie leicht die Nägel aus dem Holz glitten. Er warf das Brett in die Wiese und griff nach dem nächsten. Beim dritten brauchte er mehr Kraft, die Nägel quietschten protestierend. Er steckte seinen Kopf in die entstandene Öffnung. Seine Augen brauchten eine Zeit, um sich an das Dämmerlicht im Schuppen zu gewöhnen, er nahm den Geruch von jahrzehntealtem Dreck wahr. Milo wischte einen Spinnenfaden aus seinem Gesicht, bevor er ein viertes Brett aus der Wand riss und über den Balken, an dem die Bretter festgenagelt gewesen waren, in den Schuppen stieg. Das Licht, das durch die Ritzen fiel, zeichnete ein unregelmäßiges Streifenmuster auf die Gerätschaften, die von einer zentimeterdicken Staubschicht bedeckt waren. In den Ecken und an den Holzwänden Spinnennetze, durch die hintere Wand wuchsen weißliche Brombeerranken, deren Dornen noch weich waren. Er sah sich um. Neben der Tür lehnte eine Scheibtruhe, aber der Reifen hatte keine Luft und sah brüchig aus. Daneben standen, fein säuberlich aufgereiht, als hätten sie all die Jahre nur auf diesen Tag gewartet, ein Spaten, ein Rechen und eine Wiedehopfhaue, deren eine Seite eine Axt und die andere eine Haue war. Er nahm den Spaten und wog ihn in der Hand, dann griff er nach der Haue. Mit beiden Geräten stieg er wieder ins Freie und legte sie neben dem Auto in die Wiese. Er querte den Hof und ging zu dem länglichen Gebäude, in dem früher die Kühe gewesen waren. Hier war die Tür nicht abgesperrt, aber der Riegel klemmte, weil sich das Holz der Tür verzogen hatte. Er lehnte sich gegen die Tür und schob den Riegel zurück, er löste sich mit einem lauten Ratschen, aber die Tür ging nicht auf. Milo schob seine Finger ober- und unterhalb des Riegels zwischen Hausmauer und Tür und begann zu zerren. Sie gab so plötzlich nach, dass Milo beinahe nach hinten gefallen wäre.

Er sah zwei Kästen, die auf der Seite lagen, die Tür des einen war offen und präsentierte das Innenleben. Kisten mit Kleidungsstücken, von Motten zerfressen. Überall Kot von irgendwelchen Tieren, in einem der Verschläge, in denen früher die Kühe gestanden waren, war ein altes Sofa. Sprungfedern hatten sich durch den Überzug gebohrt, dessen Farbe unbestimmbar geworden war, der Schaumstoff des Sofas war um das Möbel herum auf dem Boden verteilt, als hätte sich etwas einen Bau darin geschaffen. Er ging ein paar Schritte, auf der Suche nach dem Leiterwagen. Aber da war so viel Zeug, so viele Erinnerungen – hier ein alter, einst blauer Stuhl, auf dem er gesessen war, wenn er seine Hausaufgaben gemacht hatte, da sein Kinderwagen, in der Ecke lehnte das Fahrrad, mit dem er nach Gomilica in die Schule gefahren war. Plötzlich wünschte sich Milo, er hätte Hans irgendwo anders hingebracht, nur nicht hierher. Er wünschte sich, er könnte bleiben, vielleicht wieder Saft und Marmelade machen, so wie einst seine Eltern und Großeltern. Er wünschte sich, er hätte Zeit, um ein wenig herumzustöbern, in das Haus zu gehen, alle Türen und Fenster weit aufzumachen und das Licht wieder einzulassen, den Staub und die zerbrochenen Schindeln herauszukehren, das Unkraut aus den Ritzen zwischen den aufgebogenen Dielen zu reißen. Zeit, um die Gegenstände und sich selbst wieder einzurichten, als wäre nichts geschehen, und diesmal würde er alles richtig machen. Er rieb sich mit beiden Händen über das Gesicht, dann blieb er so stehen, roch an seinen Handflächen, Erinnerungen überwältigten ihn. Da war der schwere, zu süße Geruch von köchelnder Marmelade auf dem Feuer, die man ständig umrühren musste, damit sie nicht anbrannte. Der Geschmack von frisch gepresstem Saft, der unten aus der Presse gelaufen war, sie hatten immer ein Glas darunter gehalten, und jeder hatte vom ersten Saft des Jahres getrunken, der Vater, die Mutter, Luca und Milo. Er konnte sich erinnern, wie langweilig und leer ihm das Leben hier erschienen war, nachdem Luca geheiratet und nach Ljubljana gezogen war. Und daran, wie sehr er sich auf den Umzug nach Österreich gefreut hatte, ohne genau zu wissen, weshalb. Aber seine Freunde hatten ihn darum beneidet, also hatte er es gut gefunden. Er hatte es bis heute gut gefunden, bis zu diesem Moment, als er den Stall betreten hatte und mit Gegenständen aus seiner Kindheit konfrontiert worden war. All diese Dinge wurden nicht mehr gebraucht. Milo war der letzte Mensch, der sie richtig zuordnen und ihre Geschichte erzählen konnte. Es gab niemanden mehr, der sich mit ihm an diese Tage zu erinnern vermochte. Er hätte Hans nicht herbringen dürfen.

Milo nahm die Hände wieder vom Gesicht, er sah aus dem Fenster in den Obstgarten. Das Fenster war so staubig, dass sich die Welt dahinter beige-braun präsentierte, wie auf einer alten Fotografie. Es war ein Fehler gewesen. Milo sah auf seine Fußspitzen, er spielte an seiner Unterlippe herum und dachte darüber nach, wo er mit Hans hinfahren könnte, um ihn nicht hier begraben zu müssen. Eilig ging er Plätze durch, an denen er mit seinem Vater und manchmal mit Luca gewesen war, der alte Weiher im Wald, klare, schmale

Bäche, wo sie gefischt hatten. Aber all das lag zu viele Jahre zurück, in einem anderen Leben. Er kannte die Ortsnamen nicht mehr, er wusste nicht, wie er sie in Erfahrung bringen sollte, er wusste nicht, in welcher Himmelsrichtung und wie weit entfernt sie lagen.

Als Milo den Kopf wieder hob, fiel sein Blick auf den großen Leiterwagen. Er war die ganze Zeit vor ihm gestanden, die Vorderachse etwas gedreht, damit er nicht davonrollte, die Gabel aufrecht, gegen die Vorderwand der Ladefläche gelehnt. Er griff nach dem Leiterwagen und zog ihn hinter sich aus dem Stall. Außer, dass die Räder quietschten, funktionierte er einwandfrei. Von Milos Nostalgie blieb nichts als ein weicher Abdruck, wie der Abdruck eines Stiftes auf dem Blatt unter dem, auf dem man geschrieben hatte.

*

Sie erwachte aus ihrer Starre, weil das Telefon auf dem Boden der Garage anfing, zu läuten. Obwohl sie gedacht hatte, dass sie sich nicht bewegen könnte, sprang sie auf und wäre beinahe wieder hingefallen. Ihre Beine waren eingeschlafen und taub, die Knie fühlten sich an, als wären sie aus Gummi, weil sie so lange darauf gesessen war. Sie stützte sich an der Wand ab, humpelte durch die Tür und bückte sich nach dem Handy. Kurz dachte sie daran, einfach nicht abzuheben, aber dann tat sie es doch.

„Sag, wo bist du?", sagte die Mutter.

„Ich glaube, ich habe einen Sonnenstich."

„Was soll das heißen?"

„Ich hab Kopfschmerzen und mir ist schlecht."

Sie hatte keine Kopfschmerzen und schlecht war ihr auch nicht mehr, nur ein bisschen schwindlig, so, als hätte der Boden tückische Unebenheiten entwickelt.

„Ich hab mich hingelegt. Ich war den ganzen Vormittag im Garten, in der Sonne."

Rosa zog die Schultern hoch und hielt die Luft an.

„Du kommst jetzt auf der Stelle her und isst mit mir", sagte die Mutter, bevor sie ohne ein weiteres Wort auflegte.

Rosa griff nach dem Lenker des Fahrrades. Ein letztes Mal sah sie auf die Stelle, an der Hans' Auto normalerweise stand.

Sie spürte Tränen in ihren Augenwinkeln, also biss sie sich, so fest sie konnte, auf die Unterlippe.

Den ganzen Weg zum Haus der Mutter dachte Rosa an Günther. Daran, wie er ihr in der Schule immer Briefchen geschrieben hatte, mit Aufklebern, kleinen Fröschen oder glitzernden Sternen. Als sie 16 gewesen war, hatte es einen Moment gegeben, in dem sie dachte, sie hätte sich in ihren langjährigen Freund aus Kindertagen verknallt. Aber dann war Katha in die Klasse gekommen, und Katha und Günther hatten sich auf der Stelle ineinander verliebt. Jeder hatte das gesehen, auch Rosa. Ein magischer Moment, der die Luft im Klassenzimmer unter Strom gesetzt und die Jugendlichen der in diesem Alter ohnehin mageren Konzentrationsfähigkeit vollends beraubt hatte. Sie hatten sich alle gefühlt, als wären sie betrunken. In Günther und Katha musste von Anfang an das Wissen gewohnt haben, dass es kein Leben mehr ohne den anderen gab, aber Rosa hatte das nicht verstanden. Sie hatte sich von ihrem Freund zurückgestoßen gefühlt, sitzen gelassen, und die Freundschaft hatte sich verlaufen wie ein Rinnsal. Nachdem sie mit Hans zusammen gekommen war, hatten Rosa und Günther sehr lange gar nicht miteinander gesprochen. Erst nach der Geburt seines ersten Kindes wieder, als Rosa dem stolzen Vater in Uniform gratuliert hatte. Kurz darauf war Hans das erste Mal für einen Tag verschwunden gewesen. Günther und Katha hatten drei Kinder und waren immer noch glücklich. Zumindest sah das so aus, wenn man sie dabei beobachtete, wie sie miteinander sprachen, tanzten, die Kinder beim Fußballspiel anfeuerten oder Einkäufe ins Auto räumten. Während Rosa in die Pedale trat, fragte sie sich nicht zum ersten Mal, wie ihre Ehe mit Hans auf andere gewirkt haben musste. Sie dachte an das Auto.

„Mama?"
Im Haus roch es muffig und ein wenig nach zu stark gewürztem Essen. Sie hörte ein unangenehmes Piepen. Als Rosa in die Küche kam, sah sie, dass nur für eine Person gedeckt war. Die Mutter öffnete eben die Klappe der Mikrowelle. Rosas Handtasche hing über der Lehne des Stuhls, wo sie sie gestern gelassen hatte. An den Bewegungen der Mutter ließ sich erkennen, wie wütend sie war. Achtlos knallte sie das heiße Plastikgeschirr auf die Anrichte.

„Nie hat dir etwas gepasst", die Mutter angelte das Plastikgeschirr zu sich, „schon als Kind nicht."
Rosa schwieg. Sie starrte der Mutter in den Rücken, zwischen die Schulterblätter.

„Mein ganzes Leben hab ich dir geopfert. Dass ich", an dieser Stelle drehte sie sich zu Rosa um und klopfte sich mit ihrem arthritischen Zeigefinger auf die Brust, „ausgerechnet ich so ein undankbares Geschöpf in die Welt gesetzt habe."

Rosas Blick fuhr zu dem Teller, der neben dem dampfenden Plastikgeschirr stand. Sie machte einen Schritt rückwärts. Rosa hatte keine Angst mehr vor der Mutter, sie war zu langsam, zu gebrechlich geworden, sie brauchte nun alles von ihrer Kraft für sich selbst. Früher war das anders gewesen. Die Mutter war schnell zornig geworden, von richtig guter

Laune bis zu dem Moment, in dem sie ausgeholt hatte, waren manchmal nicht mehr als 30 Sekunden vergangen. Aber mit Gegenständen konnte die alte Frau immer noch werfen. Die Mutter drehte sich wieder um und begann, das heiße Essen auf den Teller zu schaufeln.

„Verschwinde."

„Mama", versuchte Rosa leise.

„Raus."

Rosa nahm ihre Handtasche von der Lehne des Stuhls, langsam drehte sie sich um und ging zur Eingangstür.

„Kein Wunder!", rief die Mutter, als Rosa im Vorzimmer stand, „kein Wunder, dass er dich immer wieder verlässt!"

Rosa presste die Lippen aufeinander. Langsam zog sie die Tür auf und atmete tief ein. Sie richtete sich auf und sah über die Dächer der Häuser in den Himmel. Draußen war ein strahlender, warmer Tag, sie spürte leichten Wind, ein Kind fuhr schräg gegenüber auf einem silbernen Fahrrad mit Stützen den Gehsteig entlang. Es blieb stehen, als es Rosa entdeckte. Rosa stieg die Treppe hinunter und setzte sich auf ihr eigenes Rad.

„Grüß Gott", sagte das Kind artig, als Rosa an ihm vorbeifuhr.

„Geht schon. Ich war zu lange in der Sonne. Und diese ganze Geschichte..."

Rosa verstummte. Eine Fliege landete auf dem Fenstersims des Wohnzimmers. Ruckartig bewegte sich das Insekt auf das Sofa zu.

„Ich hab noch mehr herausgefunden", Günther klang motiviert, als hätte er gute Nachrichten, „bereit? Also um sieben hat der Hubmeier die vier rausgeworfen. Der Siggi ist danach nach Hause. Seine Frau sagt, er war sternhagelvoll, er ist heimgekommen, hat sich ins Bett gelegt und ist am nächsten Tag, also gestern, dann normal aufgestanden und in die Arbeit gefahren. Der Siggi sagt das Gleiche, und er sagt, dass Edmund, Hans und der Schober Pepi mit Pepis Auto noch zur Waldschenke gefahren sind."

Rosa versuchte einzuschätzen, wie weit es von dort nach Hause war. Sechs Kilometer? Sieben? Die Waldschenke lag auf dem Buchenberg, ein paar Mal war sie am Sonntag hinauf gewandert und hatte oben etwas gegessen. Man ging nicht ganz eineinhalb Stunden in eine Richtung, nüchtern, aber Hans war nicht nüchtern gewesen.

„Jetzt hab ich sowohl mit dem Wirt von der Waldschenke als auch mit Edmund und Pepi telefoniert. Der Wirt sagt, die drei sind bis um eins in der Nacht bei ihm in der Stube gesessen. Edmund und Pepi sagen, es war Mitternacht, aber ich glaube eher dem Wirt. Danach ist unklar, was passiert ist, weil weder Edmund noch Pepi damit herausrücken wollen, wie sie nach Hause gekommen sind. Der Wirt sagt, er glaubt, sie sind mit dem Auto gefahren, Pepi sagt, sie sind zu Fuß gegangen, und Edmund meint, er kann sich nicht mehr erinnern, weil er so besoffen gewesen ist."

„Und Hans?"

„Tja", sagte Günther, „Pepi sagt, Hans wollte zu Fuß gehen. Edmund sagt, er kann sich nicht mehr erinnern, alles, was er weiß, ist, dass sie eigentlich noch nach Plankental fahren wollten, es dann aber nicht mehr getan haben."

„Ins Puff?"

Günther schwieg einen Moment. Rosa merkte, dass sie ihn in seinem Elan gebremst hatte.

„Ja", sagte er schließlich leiser, „ins Puff."

Rosa setzte sich auf.

„Und jetzt?"

„Ich bin noch nicht fertig", sagte Günther, „weil dann hab ich bei den Taxis angerufen, sowohl beim Guido als auch beim Schneider. Der Guido sagt, bei ihm hat wohl einer versucht, um halb zwei in der Nacht ein Taxi zu bestellen, aber Guido hat nicht abgehoben, weil die Nacht von Sonntag auf Montag ist seine einzige freie Nacht, da fährt er nicht. Aber beim Schneider hat jemand um kurz nach halb zwei ein Taxi zur Waldschenke bestellt."

In Rosas Eingeweiden begann es zu arbeiten. Einen Moment lang dachte sie, sie würde jegliche Kontrolle über ihre unteren Körperöffnungen verlieren, die Luft um sie herum wurde zu Kleister.

„Und?", fragte sie, ihre Stimme dünn und fremd.

„Und der Schneider", begann Günther triumphierend, „hat einen Fahrer geschickt. Aber wie das Taxi dort war, war die Waldschenke dunkel und weit und breit kein Mensch zu sehen. Der Taxler ist sogar ausgestiegen und hat sich umgesehen. Er ist herumgegangen, hat er gesagt, weil er sich so geärgert hat. Er war schon zu Hause und wollte sich gerade ins Bett legen, als ihn der Schneider zur Waldschenke geschickt hat, und dann fährt er da hinauf, und da ist niemand. Übrigens auch kein Auto, ich hab ihn gefragt. Der Taxler sagt, er hat relativ lange gebraucht, fast eine Stunde. Der Anruf kam kurz nach halb, er selber war aber erst gegen viertel nach zwei bei der Waldschenke."

„Verstehe", flüsterte Rosa, die Luft wurde wieder weich, die Verkrampfung in ihrem Inneren lockerer.

„Also. Hans ist das letzte Mal in der Waldschenke gesehen worden, so um eins in der Nacht auf Montag."

„Ist es nicht möglich, dass…", begann Rosa, aber Günther unterbrach sie.

„Weißt, was ich glaub? Der Pepi und der Edmund sind mit dem Auto vom Pepi runter gefahren, und der Hans hat sich ein Taxi gerufen. Aber weil das Taxi so lange gebraucht hat, ist der Hans zu Fuß losgegangen. Es kann aber auch sein, dass der Pepi und der Hans gefahren sind, und der Edmund ist oben geblieben. Aber der Edmund wohnt quasi neben dem Pepi, also glaube ich, dass es Hans gewesen ist, der sich das Taxi gerufen hat."

„Wie soll er das gemacht haben ohne Telefon?"

„Ja, darüber hab ich auch schon nachgedacht. Aber bei der Waldschenke oben gibt's noch ein Münztelefon. Hinten, dort, wo man die Pferde anhängen kann."

Rosa schloss die Augen. Sie versuchte, sich die Waldschenke vorzustellen, die schmale, geschotterte Straße, die durch den Wald nach oben führte, das irgendwie gequetscht aussehende Holzhaus mit den altmodischen Schindeln, die Geranien in den länglichen Töpfen vor den Fenstern.

„Hinten", sagte Günther noch einmal, „wenn man um das Haus herumgeht, da ist eine Stange an der Wand montiert, damit die Leute, wenn sie beim Ausreiten Pause machen, ihre Pferde anbinden können. Da geht man halt nie hin, außer man ist mit dem Pferd oben, verstehst?"

Es blieb kurz still.

„Und jetzt?"

„Jetzt bestell ich den Pepi und den Edmund aufs Revier", antwortete Günther, „ganz einfach."

Rosa lehnte sich zurück.

„Und wenn das nichts bringt, dann beginnen wir, den Buchenberg abzusuchen."

Sie sah auf den toten Bildschirm des Fernsehers, dann drehte sie den Kopf. Die Fliege saß jetzt auf der Scheibe und rieb ihre Hinterbeine aneinander.

„Rosa? Es wird alles gut. Egal, was passiert. Es kommt alles wieder in Ordnung."

Rosa griff nach der Häkelarbeit und fuhr mit den Fingern über die Stäbchen, Halbstäbchen und Muschelstäbchen. Sie wickelte den Faden um ihren linken Zeigefinger, ein Mal, ein zweites Mal, dann nahm sie die Nadel, nahm Faden auf, zog ihn durch die Schlinge, und bevor sie darüber nachdachte, begann sie zu häkeln, während draußen ein strahlender Sommertag tat, als wäre nichts geschehen.

*

Milo gab den Versuch auf, Hans unter dem Auto hervorzuziehen. Stattdessen setzte er sich hinter das Steuer und fuhr einige Meter vor. Die Nacktschnecke auf dem Leintuch hatte sich klein gemacht, ein roter Knubbel auf der weißen Fläche, den Milo mit einem Blatt abpflückte und in die Wiese warf. Er packte die Stelle, an der er Hans' Schultern vermutete und setzte ihn auf, der Tote war nicht mehr so starr wie am Abend zuvor. Milo legte seine Arme von hinten um Hans, stemmte die Beine in den Boden und sah zur Seite, wo er den Leiterwagen positioniert hatte. Die Muskeln in seinem Rücken verkrampften sich schmerzhaft, als er Hans anhob. Der Tote kippte in den Leiterwagen und hätte ihn umgerissen, wenn Milo nicht rasch nach der Umrandung gegriffen hätte. Milo versuchte, Hans' Beine an dessen Körper zu drücken, aber dafür waren die Gliedmaßen zu steif, also ließ er sie hinten überhängen. Milo holte eine Flasche Wasser und sein Telefon aus dem Auto, er griff nach der Schaufel und der Haue, nahm den Sack mit Hans' Schuhen und Hose aus dem Kofferraum und legte alles zu dem Toten. Das Telefon steckte er in die Hosentasche.

Milo erreichte die Stelle, wo er in den dichten Wald der ehemaligen Parzelle seiner Familie abbiegen musste, eine halbe Stunde später. Zu diesem Zeitpunkt war er in

Schweiß gebadet, das Ziehen des Leiterwagens hatte sich schwerer dargestellt, als er erwartet hatte. Das Gewicht des Körpers hatte die Räder immer wieder im aufgeweichten Boden versinken lassen. Erst auf den letzten Metern war ihm eingefallen, dass er Hans auch mit dem Auto zur Parzelle hätte bringen können.

Er blieb stehen und sah in die Bresche, die sein Körper am Morgen in die Büsche gestanzt hatte. Da waren ein paar abgebrochene Zweige, seine Füße hatten die weichen, grünen Pflanzen am Boden abgeknickt und verdreht, einige von ihnen zeigten ihre silbrig-grüne, pelzige Unterseite. Milo begann, den Wagen vom Weg in die Bresche zu ziehen. Das war anstrengend und ging nur ein paar Meter gut, dann verhakte sich die linke Vorderecke des Leiterwagens zwischen zwei jungen Bäumen. Bei dem Versuch, den Wagen zu befreien, kippte dieser um, und Hans fiel raschelnd in die dichten Pflanzen. Milo trat nach dem Leiterwagen. Er wischte sich den Schweiß von der Stirn, zerrte den Wagen unter dem Toten hervor und packte Hans von hinten unter den Armen. Er zog ihn so durch den Wald, und je öfter die Leintücher an etwas hängen blieben, desto wütender wurde er, und je wütender er wurde, desto kräftiger fühlte er sich. Aber die Kraft, die diese Wut freisetzte, war eine von der Art, die zu schnell verrauchte. Er stolperte rückwärts in die Lichtung, zog Hans aus dem Unkraut und ließ ihn fallen. Milo war nicht mehr darauf bedacht, behutsam mit Hans umzugehen, er wollte bloß dieses Loch schaufeln, Hans in die Grube werfen und dann von hier verschwinden. Milo folgte dem nun um einiges breiteren Pfad zurück zu der Stelle, wo der Leiterwagen umgekippt war, und bückte sich nach dem Werkzeug, dem Wasser und dem Sack.

Nach einer Stunde machte Milo Pause. Er ließ sich neben dem Loch auf den Boden sinken, das noch lange nicht tief genug war. In kleinen Schlucken trank er Wasser und verscheuchte mit der anderen Hand Insekten, die seinen Kopf umschwirrten. Der Wald war still. Kein Geräusch, weder von Menschen noch von Tieren. Die Sonne knallte auf das Blätterdach und heizte die Luft darunter auf. Er griff in die Brusttasche seines Hemdes und zog das Zigarettenpäckchen hervor, er zündete eine an, schraubte die Wasserflasche wieder zu und rauchte, die Beine angezogen, die Arme lose um seine Knie gelegt, Schweiß tropfte von seiner Nase. Er hielt seine Handflächen vor das Gesicht, am ersten Gelenk seines rechten Ringfingers bildete sich eine Blase. Das hier würde viel länger dauern, als er gedacht hatte. Milo stand auf, griff nach dem Spaten und stieg in das kniehohe Loch.

*

Rosas Vater war gestorben, als Rosa noch sehr klein gewesen war. Sie hatte kaum Erinnerungen an ihn. Weil er so früh verschwunden war, hatte statt ihm selbst sein Fehlen mit Rosa und der Mutter zusammengelebt wie ein unheilvoller Schatten. Es gab nur wenige Fotos von ihm. Eines der letzten, das aufgenommen worden war – die Farben, gleichzeitig grell und blass, wirkten verfälscht – zeigte eine viereinhalbjährige Rosa mit ihrem Vater. Sie trug weiße Söckchen, die oberhalb der Knöchel mit Rüschen abgeschlossen waren, eine kurze, gestreifte, grün-weiße Hose und ein Hemdchen mit Spitzenkragen, ihr Kopf lehnte in seinem Schritt. Sie sah ein bisschen so aus, als würde sie sich schämen. Der Vater lachte in die Kamera. Er hatte schütteres, eher weißes als braunes Haar, das wie Flaum aussah, seine Zähne wirkten zu groß für das Gesicht. Die Krankheit hatte da schon sichtbare Spuren hinterlassen, seine Kleidung hing an ihm, war zu groß geworden, seine Haut gelblich, was aber auch am Alter der Aufnahme liegen konnte.

Der Vater war an Magenkrebs gestorben, es war schnell gegangen und sehr schmerzhaft gewesen, von der Diagnose bis zum Begräbnis ein knappes Jahr. Rosa konnte sich an dieses Jahr kaum erinnern, aber sie erinnerte sich, wann das Foto aufgenommen worden war. Sie hatte den Vater im Krankenhaus besucht, im Hintergrund waren der Park zu sehen und das weiße, längliche Gebäude, in dem er die letzten Monate seines Lebens verbracht hatte, verständnislos an der Grausamkeit zerbrechend, mit der ihn die Krankheit seinem Ende entgegentrieb.

Nach dem Tod hatte die Mutter hart gearbeitet, um sie durchzubringen. Es gab keine Familie, die ihr hätte helfen können. Rosa war eines der ersten Schlüsselkinder Hinterbachs gewesen, sie hatte früh gelernt, sich Essen warm zu machen oder einfache Gerichte zu kochen. Wenn die Mutter von der Arbeit kam, hatte Rosa das Haus in Ordnung gebracht und die Hausaufgaben erledigt gehabt. Sie war immer rechtzeitig vom Spielen mit Günther oder den anderen Kindern daheim gewesen. Das hatte geholfen, denn die Mutter war oft wütend heimgekommen, was selten etwas mit Rosa zu tun gehabt hatte, sondern meistens mit dem Job. Eine Kollegin, die am Fließband zu langsam gewesen war, der Chef, der wieder einmal Überstunden oder ungeplante Wochenenddienste eingeschoben hatte. In dieser Situation hatte die Mutter nicht riskieren können, die Arbeit zu verlieren, weswegen sie ihren Zorn meist hinuntergeschluckt und erst zu Hause wieder hervorgewürgt hatte, wie es Pinguine oder Wölfe tun, um ihre Jungen zu füttern.

Es war sehr schwer für die Mutter gewesen, allein mit dem kleinen Kind, den Rechnungen, dem noch lange nicht abbezahlten Haus und dieser Fließbandarbeit, von der sie violette, geschwollene Hände bekam, in diesem Dorf, in dem jeder die Geschichte des anderen kannte. Rosa hatte das sehr früh verstanden, obwohl sie keine Vorstellungen von dem

Druck hatte, von dem ihre Mutter immer sprach, wenn sie weinend in Rosas Zimmer kam, um sich zu entschuldigen, wenn es wieder passiert war. Sie wären ein Team, hatte die Mutter immer gesagt, sie müssten zusammenhalten. Ganz ähnlich hatte Hans argumentiert.

„Wir zwei", hatte er am Tag der Hochzeit in ihr Ohr geflüstert, „wir gehören ab jetzt zusammen", und Rosa war glücklich gewesen.

Rosa hatte sich in ihrem ganzen Leben nie um Rechnungen oder Geld kümmern müssen, immer hatte jemand für sie gesorgt, ein Jemand, der da draußen darum kämpfte, ein gutes Leben für Rosa zu ermöglichen. Sie kannte diese Art von Belastung nicht, Rosa wusste nur, welche Auswüchse sie gebar, und so zog Rosa ihre Schlüsse daraus. Dieser Druck, diese Verantwortung mussten mit großen persönlichen Entbehrungen einhergehen. Es war einfach, jemandem zu verzeihen, der einem leid tat, darum hatte Rosa es getan, wobei die Grenze zwischen Verzeihen und dem Annehmen einer Ausweglosigkeit verwischt blieb.

Regelmäßig hatte Rosa sich gefragt, wie Milo mit diesem Druck umging. Bis vor ein paar Tagen hätte sie darauf gewettet, dass er einer war, der ihn nicht in das Gesicht anderer Menschen packte, aber die Dinge hatten sich verändert. Schmerz, Angst und die Fähigkeit, beides zu ertragen, stellten in ihrem Leben Normen dar, mit denen sie sich zu arrangieren hatte, wie andere Leute mit schlechtem Wetter – es war Milo gewesen, der ihr das klar gemacht hatte. Vielleicht hatten sie gegenseitig Verrat an ihrer Liebe begangen, weil sie nie ein Team gewesen waren. Jedenfalls nicht so, wie Rosa es mit ihrer Mutter oder Hans gewesen war.

*

Gegen drei am Nachmittag war Milo am Ende. Er lag auf dem Rücken neben dem Loch, sein Kopf ruhte auf dem Sack mit den Schuhen und der Hose, er rauchte eine Zigarette und spürte die Schwere seiner Lider. Seine Hände waren rot, die Finger voller Blasen, sie taten so weh, dass er sie kaum abbiegen konnte. Zwei der Blasen waren aufgegangen, die Werkzeuge fleckig von seinem Blut. Aber Milo hatte es fast geschafft. Das Loch war tief, wenn er darin stand, ging es ihm bis zu den Schultern. Er musste Hans nur noch in die Grube rollen und die Erde wieder auf ihn schütten, dann konnte er hier verschwinden.

Milo schloss die Augen. Der Anblick von Lucas Sachen im Stall hatte etwas in ihm angerührt, eine lange nicht mehr gespielte, verstimmte Saite. Es war der extreme Nationalismus Lucas gewesen, der Milo nachhaltig verstört und Luca zu einem Fremden gemacht hatte, noch mehr, als er es durch den großen Altersunterschied und die getrennten Leben ohnehin gewesen war. Der Krieg, der den Balkan in Fetzen gerissen hatte, hatte das Gleiche mit der ohnehin zerbrechlichen Beziehung der Brüder getan. Als Luca in jenem Frühjahr 1991 von Milo gefordert hatte, zurückzukommen und sich in den Dienst seines Landes zu stellen, war Milo gerade 23 geworden und auf dem Papier schon lange Österreicher. Der 13 Jahre ältere Bruder dagegen hatte in Ljubljana gelebt, er war verheiratet und Vater zweier Kinder gewesen. Milo hatte seinen Wehrdienst in Allentsteig geleistet, er hatte sich für Mädchen und Partys interessiert und gerade seine Meisterlehre begonnen. Es war ihm egal gewesen, wann am Freitag Busse vom Südbahnhof abfuhren, damit er am Samstag an irgendeiner Straßenkreuzung stehen konnte, um mit dem Gewehr auf Leute zu zielen, die ihm nichts getan hatten. Milo wollte nicht für Slowenien kämpfen, er wollte überhaupt nicht kämpfen, und schließlich hatte Luca deswegen mit ihm gebrochen, auf die den sturen und selbstgerechten Männern so eigene, endgültige Art. Kurz darauf war Luca in dem nur zehn Tage dauernden Krieg um die Unabhängigkeit Sloweniens gefallen. Eine Kugel, unklar von welcher Seite geschossen, traf ihn an der Halsschlagader, eine zweite in die Brust. Er war tot gewesen, bevor ihn ein Arzt oder Sanitäter gesehen hatte.

Vielleicht wäre es anders abgelaufen, wenn Milo gewusst hätte, dass seine Eltern zwei Jahre später bei einem Verkehrsunfall verunglücken würden. Vielleicht wäre er dann seinem Bruder zuliebe sogar hinuntergefahren, um zu kämpfen. Er hatte an Lucas Begräbnis nicht teilgenommen, was er erst bereute, als er die Bestattung seiner Eltern organisieren musste. Von dieser Zeit seines Lebens wusste Milo kaum noch etwas, als wäre es nicht ihm passiert, sondern einer anderen Version von ihm, deren Gedanken er nicht kannte. Der Verlust war wie eine schwelende, eitrige Wunde gewesen, die nicht heilen wollte, zu groß, um hinsehen zu können, also hatte Milo sich abgewandt. Er hatte hart gearbeitet, viel getrunken und mit zahllosen Frauen geschlafen, denn während Alkohol den Schmerz verlässlich betäubte, hatte Sex ihn für einige Momente ganz zurück getrieben und Milo vergessen lassen.

Milo hatte das Begräbnis seiner Eltern verlassen, war während der Zeremonie nach einem dahingenuschelten Ave Maria aus der ersten Reihe aufgestanden und gegangen. Er sah in die Baumkronen und versuchte, sich zu erinnern, wohin er damals verschwunden war, aber es fiel ihm nicht mehr ein. Er schloss die Augen und folgte seinem 21 Jahre jüngeren Selbst durch die Reihen der Gräber, das Haar voller, er trug einen dunkelblauen Anzug seines Vaters, der ihm zu groß war. Der Milo von damals wollte sich nicht umdrehen.

Milo schrak hoch. Das Licht der Sonne war gewandert, der Schatten des Blätterdaches mit ihm. Als er sich aufsetzte und einen Blick auf sein Handy warf, sah er, dass mehr als eine Stunde vergangen war. Das Nickerchen hatte Wunder gewirkt. Obwohl die Muskeln in seinen Armen brannten und er seine Finger kaum bewegen konnte, fühlte er sich frisch und ausgeruht, richtig gut sogar. Der Schlaf hatte auch das Gefühl der Reue mitgenommen.

Milo rappelte sich auf und trat neben Hans, die offenen Stellen an seinen Händen pochten. Er bückte sich, nahm Hans an Schulter und Beckenknochen und begann, ihn längs zur Grube zu rollen, bis Hans an der Kante lag. Mit dem Fuß versetzte er dem Toten die letzte Umdrehung. Hans plumpste in das Loch, in seinem Fall nahm er Erde mit, die sich rieselnd auf dem Leintuch verteilte. Milo griff nach dem Sack mit den Schuhen und der Hose, der noch warm von seinem Kopf war, und ließ ihn auf Hans fallen. Er zögerte einen Augenblick, dann sah er nach oben. Das Licht dort war immer noch grell, aber es trug schon die goldenen Nuancen eines beginnenden Spätnachmittages in sich. Er schloss die Augen und überlegte, ob er etwas zu seinem toten Freund sagen sollte, oder über seinen toten Freund, der schon lange nicht mehr sein Freund gewesen war. Ihm fiel nichts ein. Milo rammte den Spaten in den Erdhaufen und begann, die Grube zuzuschaufeln.

Um fünf war das Loch voll. Den übrig gebliebenen Erdhügel verteilte Milo umsichtig auf der Lichtung. Als nichts mehr da war, ging er in die Knie und nahm einen Arm voll Blätter auf, die er über dem Grab ausstreute. Um halb sechs sah die Lichtung beinahe so aus, als wäre nie jemand dort gewesen. Milo nickte zufrieden, er nahm die leere Wasserflasche und warf sie weit von sich in die Büsche, wo sie mit einem Rascheln verschwand. Mit den Geräten in der Hand verließ er die Lichtung. Als er zu dem Leiterwagen kam, stellte er ihn auf und zog ihn zurück auf den Weg und von da zum Haus. Milo spitzte die Lippen und begann, eine kleine Melodie zu pfeifen, aber er unterbrach sich nach ein paar Tönen sofort wieder.

Als er beim Auto ankam, trank er einen halben Liter Wasser, dann stellte er sich in die Wiese und pinkelte. Er spürte plötzlich, wie hungrig er war, und mit dem Hunger überfiel ihn große Schwäche. Er schmiss Spaten und Haue durch das Loch, das er in die Wand des Schuppens gerissen hatte, den Leiterwagen brachte er bis vor die Stalltür, wo er ihn an die Wand stellte. Er würde den Stall nicht mehr betreten, keine Geister beschwören. Er war hier fertig.

Milo setzte sich hinter das Steuer, wendete und fuhr aus dem Hof, über den Weg durch den Wald zurück zur Straße, die nach Gomilica führte. Er sah nicht in den Rückspiegel, bis er an der Abzweigung mit der großen Kastanie stand.

*

Rosa erwachte aus ihrer Trance, als das Telefon anfing, zu läuten. Sie blickte verständnislos auf die Arbeit in ihren Händen – sie hatte keinerlei Erinnerung daran, wie sie die Kätzchen, die mit dem Ball spielten, in den Ziervorhang gehäkelt hatte. Rosa lächelte, als das Telefon wieder läutete, erschrak sie.

„Also“, sagte Günther, „wir stellen einen Suchtrupp zusammen.“

„Wirklich?“, antwortete Rosa, ohne dass es wie eine Frage klang.

„Ich hab jetzt mit dem Pepi und dem Edmund geredet, und der Pepi hat schließlich zugegeben, dass er mit dem Auto gefahren ist. Der hat noch heute eine Fahne gehabt. Er wollte nichts sagen, weil er in seiner Gasse einem Nachbarn den Seitenspiegel am Auto abgefahren hat.“

„Und Hans?“

„Der Pepi sagt, und auch der Edmund kann sich plötzlich wieder erinnern, dass Hans, nachdem sie aus der Waldschenke rausgegangen waren, gesagt hat, er geht noch kurz pinkeln, und dann nicht mehr aufgetaucht ist. Weil Pepi und Hans in der Waldschenke gestritten haben, ist der Pepi dann einfach ohne ihn gefahren.“

„Sie haben ihn allein dort oben gelassen?“, sagte Rosa echauffiert und begriff, dass sie es tatsächlich war. Sie wusste nicht, was sie mit dieser schizophrenen Empfindung anfangen sollte.

„Naja“, sagte Günther, „ich nehme an, du kennst deinen Mann. Der Pepi humpelt jedenfalls. Edmund sagt, der Hans hat den Pepi über die Treppe von der Waldschenke nach unten geschubst. Dabei hat sich der Pepi den Knöchel verstaucht.“

„Glaubst du…“, begann Rosa, aber sie führte den Satz nicht zu Ende.

„Ich hab sie getrennt voneinander befragt, Rosa. Ich trau das keinem von beiden zu. Die waren so aus dem Häuschen, dass Hans verschwunden ist, die haben sich solche Vorwürfe gemacht – das war nicht gespielt. Du kennst die beiden. Das sind nicht unbedingt Raketentechniker, wenn du weißt, was ich meine. Nie im Leben hätten die es fertiggebracht, in diesem Zustand eine Absprache zu treffen. Die haben sich seit Sonntag weder gehört noch gesehen.“

Rosa rutschte an den Rand des Sofas, bereit aufzustehen.

„Wir beginnen um sechs“, sagte Günther, „wir haben einen Hund angefordert, der ist um halb sieben da. Ich komme nur bei dir vorbei und hol ein Kleidungsstück vom Hans, wenn das geht.“

„Sicher“, sagte sie, „irgendetwas Spezielles?“

„Etwas Ungewaschenes.“

Sie ging noch einmal durch das Haus, auf der Suche nach irgendetwas, das sie übersehen haben könnte. Rosa war ruhig, viel ruhiger, als sie sollte. Im Badezimmer öffnete sie den Deckel vom Wäschekorb und begann, darin zu wühlen. Sie zog eines von Hans' Arbeitshemden heraus, es roch nach Zementstaub, Mischmaschine und Schweiß. Sie legte es auf den Boden neben sich und wühlte nach einem Paar seiner Socken. Den Rest der Wäsche aus dem Korb stopfte Rosa zusammen mit dem Badvorleger in die Waschmaschine und schaltete diese ein. Gluckernd erwachte das Gerät zum Leben.

Sie ging in die Küche, wickelte Hemd und Socken in einen Plastiksack, dann setzte sie sich auf das Sofa und wartete.

Draußen war es immer noch heiß. Es war beinahe sechs, als Günther läutete. Sein Anblick brachte Rosa zum Weinen. Günther nahm sie in die Arme, sie roch diesen bestimmten Geruch seiner Uniform, der vom Plastikanteil darin herrührte, der steife Kragen kratzte an ihrem Hals. Durch den Tränenschleier sah sie auf das silbrig-dunkelblaue Polizeiauto, das neben dem Gehsteig vor ihrem Haus parkte. Hinter dem Steuer saß der Neue, er betrachtete die Szene durch das geöffnete Fahrerfenster, Rosa konnte seinen Gesichtsausdruck nicht deuten. Sie löste sich aus der Umarmung, und Günther nahm sie an beiden Ellenbogen, er senkte seinen Kopf, um ihr von unten in die Augen zu sehen, und rieb ihre Arme. Er wirkte väterlich, dabei waren sie gleich alt. Rosa bat Günther ins Haus, er sah sich um, als er die Tür hinter sich schloss, aber nur so, wie man sich umsah, wenn man ein Haus betrat, in dem man noch nie zuvor gewesen war. Er folgte Rosa ins Wohnzimmer, und sie reichte ihm den Sack mit den Kleidungsstücken. Er warf einen Blick hinein und nickte wortlos. Aus dem Funkgerät an seiner Schulterlasche drang ein Signalton, dann sagte jemand etwas Unverständliches. Rosa legte eine Hand auf den Mund. Günther drückte sie noch einmal kurz an sich. Bevor er die Tür hinter sich schloss, streckte er den Kopf in den Vorraum: „Es wird alles, Rosa. Vertrau mir."

„Soll ich mitkommen?"

„Nein. Ich meld mich bei dir."

Sie nickte, und Günther zog die Tür zu.

Rosa holte tief Luft, wischte sich die Tränen von den Wangen und ging in die Küche, wo sie ein Bier aufmachte. Sie setzte sich an den Küchentisch und trank einen Schluck, als ihr Telefon erneut läutete.

„Sie suchen ihn, oder? Sie suchen, hab ich recht?", begann die Mutter ohne zu grüßen, sie klang aufgeregt.

„Ja. Oben auf dem Buchenberg. Da ist er das letzte Mal gesehen worden. Sie haben sogar einen Hund."

„Unglaublich. Wie sind sie da jetzt draufgekommen?"

„Günther hat mit ein paar Leuten gesprochen", Rosa hielt das Bier an ihre Lippen, dann stellte sie die Flasche wieder ab, ohne zu trinken, „Hans war in der Waldschenke."

„Kommst du rüber?"

In Rosa wurde etwas kalt.

„Nein."

Die Kälte breitete sich aus, also probierte sie es noch einmal: „Ich bleibe da." Die Kälte machte eine Welle, klatschte wie an einen Strand. Sie dachte kurz, sie würde erneut einen Kreislaufkollaps erleiden, oder was auch immer das zu Mittag gewesen war, aber die Kälte war anders. Sie fühlte sich gut an.

„Na geh“, sagte die Mutter, diesmal klang es bedauernd. Vor wenigen Stunden hätte Rosa einen Arm für diesen Tonfall gegeben, aber nun empfand sie nichts.

„Vergiss nicht, deine Tabletten zu nehmen.“

„Ruf an, sobald du etwas weißt“, antwortete die Mutter. Rosa legte auf, ohne sich zu verabschieden, dann trank sie einen Schluck Bier. Durch das gekippte Fenster konnte sie die Vögel im Kirschbaum zwitschern hören. Sie klangen gesellig und laut, als erzählten sie einander von ihrem Tag. Rosa brauchte das Auto, das vor dem Hubmeier stand.

*

Milo wollte das zweite Sandwich nicht essen, bevor er sich nicht gewaschen hatte. Immer wieder fuhr sein Blick zu der Papiertüte, in die das Salamibaguette eingewickelt war, das Papier fleckig von geschmolzenem Fett. In Murska Sobota fuhr er an einer Tankstelle ab. Er ging zur Rückseite der Tankstelle und suchte die Tür für die Herrentoilette. Der kleine gekachelte Raum roch penetrant nach Urinstein, er vergewisserte sich mit einem Blick links und rechts in die Kabinen, dass er allein war, dann trat er an das Waschbecken. Das Wasser war eiskalt und wurde nicht wärmer, aber es gab Seife und Papier. Er wusch sich lange und gründlich seine Hände mit Seife, die in den offenen Blasen brannte, dann beugte er sich über das Becken. Das kalte Wasser ließ ihn nach Luft schnappen, aber er wich nicht zurück, sondern rubbelte sein Gesicht gründlich ab, dann bückte er sich unter den Strahl und hielt seinen ganzen Kopf darunter. Mit den Fingern teilte er seine Haare, bis sie nass waren. Als die Kälte so beißend geworden war, dass er es nicht mehr aushielt, fuhr er sich ein letztes Mal über Kopf und Gesicht, spuckte aus und drehte den Hahn ab. Er richtete sich auf, griff nach den Papiertüchern und trocknete sich ab, dann kämmte er seine Haare zurück. Im fleckigen Spiegel war ein alter Mann zu sehen, die Haare an den Schläfen grau, Falten begannen, sich abzuzeichnen, vor allem um die Augen, auf Wangen und Kinn Schatten eines Bartes, er hatte sich seit zwei Tagen nicht rasiert. Milo stützte sich auf den Waschbeckenrand und versuchte, die Erschöpfung abzuschütteln, seine Hände taub vom kalten Wasser.

Als er um die Tankstelle kam und seinen Wagen sah, hielt er inne. Das Auto war so groß und auffällig, es passte überhaupt nicht zu ihm – erst jetzt, in diesem Augenblick, begriff Milo seinen Fehlkauf vollends. Der schwarze Lack war voller Lehmspritzer. Er hatte das Auto erst seit vier Monaten, die Nummerntafeln sahen noch neu und glänzend aus. Die Ordnungsliebe der Österreicher war sogar an solchen Kleinigkeiten zu erkennen: das EU-Zeichen, der Bezirk, das Wappen des Bundeslandes, dahinter ein kurzer, alphanumerischer Code, oben und unten ein roter Balken. Kurz beschlich Milo das Gefühl, das Auto trüge die Kennzeichen des falschen Landes.

Mit einem Ächzen setzte er sich hinter das Steuer, er startete den Wagen, ihm fiel auf, dass die Neonbeleuchtung der Tankstelle angegangen war, wodurch sie noch schäbiger aussah. Er fuhr zurück zur Straße, beschleunigte, legte den dritten Gang ein, dann den vierten. Diesmal war es ihm egal, ob er zu schnell fuhr. Sollten sie ihn aufhalten, würden sie ihn eben aufhalten.

Er griff nach dem Papiersack mit dem Baguette und begann, zu essen.

*

Rosa war ein wenig betrunken, und es war der ungünstigste Zeitpunkt dafür. Aber während sie gewartet hatte, dass irgendetwas geschah, dass Milo endlich anrief oder klopfte, hatte sie noch ein Bier getrunken und dann war ihr eingefallen, dass sie den ganzen Tag noch nichts gegessen hatte – wenn sie es genau nahm, hatte sie auch gestern nichts gegessen.

„Bier ist eine Mahlzeit", sagte sie leise zu der Fensterscheibe über dem Spülbecken, zu den zwei kleinen Kakteen, die sich an den linken Rand des Fensterbrettes drängten. Das hatte Hans immer gesagt. Draußen war es beinahe dunkel. Irgendwann war die Straßenbeleuchtung angegangen, was sie daran gemerkt hatte, dass das Licht einer Laterne auf die Birke fiel, die in ihrem Vorgarten stand. Die langen, hängenden Zweige des Baumes brachten durch ihr sanftes Vor- und Zurückschwingen eine unheimliche Bewegung in den hinteren Teil des Gartens. Rosa hatte die Arme vor ihrer Brust verschränkt und überlegte, ob sie noch ein Bier trinken sollte, als das Telefon läutete. Die Nummer war ihr unbekannt, trotzdem hob sie ab.

„Du Arme!", sagte eine weibliche Stimme, die Rosa nicht zuordnen konnte, „ich hab's gerade gehört! Weißt du schon was?"

„Entschuldigung", sagte Rosa, dann lachte sie einmal

und hielt sich sofort die Hand auf den Mund, Lachen war das Letzte, was sie jetzt tun durfte, noch viel weniger als betrunken sein, „wer spricht da?"

„Na ich! Die Susanne!"

Susanne. Die ehemalige Arbeitskollegin, die Milo in Rosas Telefon ein Alias gab.

„Du Arme", wiederholte Susanne jetzt noch einmal mit diesem geheuchelt mitleidsvollem Tonfall, „seit wann ist er fort?"

Rosa kämpfte gegen ein Lachen, sie verzog den Mund einen kurzen Augenblick lang zu einem breiten Grinsen, von dem sie beinahe einen Krampf in den Wangen bekam. Langsam und bemüht sagte sie: „Seit Sonntag."

„Wahnsinn", Susanne klang schockiert, „das sind ja schon zwei Tage."

Rosa dachte an das Brechen von Hans' Arm, dieses grausige Knacken in der Finsternis, und jeglicher Lachimpuls verschwand.

„Sag, und jetzt suchen sie ihn? Weil ich hab Blaulicht gesehen, oben bei der Waldschenke, weißt, und da bin ich hin und hab gefragt. Der Schober Pepi, der war auch dort und hat mir gesagt, was passiert ist."

Rosa betrachtete ihre Spiegelung in der Glasscheibe und hatte plötzlich das Gefühl, beobachtet zu werden. Sie ging zum Lichtschalter an der Tür und löschte das Licht. Einen Augenblick lang war sie blind, dann arbeiteten sich die dunkelblauen Rechtecke der Fenster und die Kücheneinrichtung aus der Dunkelheit.

„Und jetzt?“, fragte Susanne, und erst da begriff Rosa den Zweck des Anrufs.

„Nichts. Ich warte.“

„Brauchst du etwas? Soll ich vorbeikommen? Meine Schwester hat einen tollen Kuchen gebacken, Schwarzwälder-Kirsch. Wir könnten zu dir kommen, was meinst?“

Rosa atmete tief und unhörbar durch die Nase ein. Das Letzte, was sie brauchte, waren Susanne, ihre Schwester und deren bescheuerter Kuchen.

„Du, das ist lieb“, begann Rosa, „aber ich bin ...“, sie sah zu den beiden Kakteen auf dem Fensterbrett, „... ich bin nicht allein.“

Susanne gab einen Ton der Enttäuschung von sich.

„Es geht mir gut“, sagte Rosa, sie sah hinter sich, dann wieder nach vor zu den leeren Bierflaschen, „meine Mutter ist da.“

„Sicher?“, probierte Susanne es noch einmal, „in solchen Situationen ist es wichtig, Freunde zu haben.“

Beinahe hätte Rosa bitter gelacht. In der Arbeit hatte Susanne gerade einmal ‚Hallo‘ zu ihr gesagt, und seit Rosa dort aufgehört hatte, sah Susanne jedes Mal weg, wenn sie einander begegneten, um nicht grüßen zu müssen.

„Sicher. Ich werde jetzt auflegen, Susanne.“

Rosa nahm das Telefon vom Ohr und drückte den roten Knopf. Dann öffnete sie den Kühlschrank und holte eine weitere Bierflasche heraus. Die Kapsel fiel zu Boden, rollte klappernd unter den Tisch, aber Rosa bückte sich nicht danach. Kopfschüttelnd setzte sie die Flasche an die Lippen.

Sie ärgerte sich. Immer wieder vergaß sie, wie verlogen die Menschen waren.

*

Das Hotel hieß ‚Beautiful Moments'. Milo war in Logatec abgefahren, nachdem ihm die Augen zugefallen waren. Er war erst zu sich gekommen, als der Hilux nach links geschlingert war und die Reifen ein tackerndes Geräusch gemacht hatten, als sie die Fahrbahnmarkierung querten. Es war noch nicht ganz dunkel, als er auf den Hotelparkplatz einbog. Am Horizont im Westen klebte der letzte Rest des Tages, ein grün-blauer, giftig leuchtender Streifen. Milo griff nach seinem Telefon.

„Endlich. Wo bist du? Ist alles gut gegangen?"

Rosa biss sich auf die Unterlippe, ihr Blick fuhr zur leuchtenden Digitaluhr am Backofen. Es war kurz nach neun.

„Alles ist gut gegangen", antwortete Milo ruhig. Sie schloss die Augen und gab sich der Erleichterung einige Sekunden lang hin, ließ sich von der Welle hochtragen und absenken.

„Bist du schon daheim? Kommst du noch her?"

„Ich bin hinter Ljubljana. In einem Hotel."

„Oh", machte Rosa. Sie klang enttäuscht. Milo war sich nicht sicher, ob Rosa wusste, dass Ljubljana nicht auf der Strecke lag.

„Also morgen."

„Rosa, ich werde nicht kommen. Ich brauche Zeit."

„Zeit", wiederholte sie langsam, sie dehnte das Wort, als würde sie es zum ersten Mal aussprechen, es kosten und

dann: „Ich verstehe nicht.“
Er antwortete nicht. Rosa legte den Kopf in den Nacken. Sie blieb so lange still, dass er dachte, die Leitung wäre unterbrochen.

„Sie suchen nach ihm. Auf dem Buchenberg. Da ist er das letzte Mal gesehen worden. Er war am Sonntag oben. Er hat ein Taxi bestellt, aber ich glaube, er ist zu Fuß gegangen. Es würde passen. Wenn er um halb zwei dort los ist, kann er um halb vier hier gewesen sein.“

„Hat ihn jemand gesehen?“

„Niemand hat ihn gesehen“, sagte Rosa überzeugt, aber als sie sich selbst die Worte sagen hörte, war sie plötzlich nicht mehr sicher. Vielleicht stimmte das nicht. Vielleicht hatte ihn jemand gesehen, und vielleicht würde dieser Jemand zur Polizei gehen, sobald raus war, dass man nach Hans suchte.
Milo schwieg. Mit einer Hand schirmte er die Augen ab.

„Wir sollten darüber reden, was am Donnerstag passiert ist“, flüsterte Rosa so leise, dass er dachte, die Stimme wäre in seinem Kopf. Es fühlte sich an, als würde sein Herz zwei Schläge aussetzen, es tat beinahe weh. Druck füllte seinen Brustkorb.

„Ich hätte das niemals sagen dürfen, Milo.“
Milo nahm die Hand wieder von seinen Augen. Er hörte etwas in der Leitung, das wie ein statisches Knistern klang, hervorgerufen durch Sonnenwinde. Die Sekunden tickten dahin, das Schweigen zwischen ihnen dehnte sich aus.

„Du hast gesagt, du wirst ihn nie verlassen, und jetzt ist er tot“, sagte Milo schließlich.

Rosa antwortete nicht. Sie weinte. Eine Weile lauschte Milo ihrem Schluchzen, dann ertrug er es nicht mehr und unterbrach die Verbindung.

*

Milo betrat die Rezeption und sah sich um. Holzvertäfelte Wände, eine Preisliste, eine Theke mit verblichenen Landkarten des Umkreises, eine Treppe, ein Gang, der in den hinteren Bereich des Gebäudes führte. Milo hörte ein Scharren, ein älterer Mann kam aus dem Gang. Der Alte trug ein weißes Ruderleibchen, er hatte eine Halbglatze und einen grauen, dichten Schnurrbart, im Bart klebten undefinierbare Krümel.

„Izvolíte", sagte der Mann kauend.

„Sprechen Sie Deutsch?"

Der Alte wackelte mit dem Kopf. Mit der Hand machte er eine wellenförmige Bewegung.

„Ein Zimmer für eine Nacht", sagte Milo und nickte zum Schlüsselbrett. Der Mann schlurfte zum Brett, nahm einen der Schlüssel vom Haken und legte ihn auf den Tresen. Er griff nach einer Ringmappe, schlug sie auf und begann, ein Formular auszufüllen.

„Passport", sagte der Alte an einer Stelle, und Milo reichte ihm das Dokument.

Probeweise setzte sich Milo auf das Bett und hüpfte zweimal auf und ab. Es fühlte sich gut an, weich, er spürte keine Sprungfedern. Milo nahm den Erste-Hilfe-Kasten, den er aus dem Auto mitgebracht hatte, und öffnete ihn, aber da war nichts, das er für seine Finger verwenden konnte. Er schloss den Kasten wieder und sah an die Wand. Da hing ein Bild eines Schutzengels, der seine Arme über zwei Kindern ausgebreitet hatte, die bei Nacht über eine kleine Brücke gingen. Die Kleidung des Engels strahlte, sein Gesicht war gleichmütig und sanft, das Geschlecht undefinierbar.

Auf dem Weg ins Badezimmer zog Milo sich aus und ließ die Kleidungsstücke auf den Boden fallen. Er machte Licht in dem fensterlosen Raum, registrierte das hängende Regal unter dem Spiegel, griff nach der in Plastik eingeschweißten Seife und trat unter die Dusche.

Mit dem Handtuch um die Hüfte gewickelt ging er zurück ins Zimmer. Seine nassen Füße machten ein klatschendes Geräusch auf dem gekachelten Boden und hinterließen Fußabdrücke. Er fiel auf das gemachte Bett, und noch bevor er sich zugedeckt hatte, war er eingeschlafen. Sein letzter Gedanke galt dem Geräusch der Erde, die vom Schaufelblatt geglitten war, dem unheilvollen Takt eines Aktes, von dem Milo dachte, er würde sich nie wieder davon erholen.

*

Kurz vor Mitternacht schreckte Rosa hoch. Ihr war kalt, im ersten Moment wusste sie nicht, wo sie war, dann begriff sie, dass sie auf dem Sofa eingeschlafen sein musste. Der Geruch von Bier stieg ihr in die Nase, angeekelt schob sie die Flasche von sich, die neben ihrem Kopf auf dem Sofatischchen stand. Rosa hatte Kopfschmerzen, und ihre Zunge fühlte sich pelzig an, die Augen waren verklebt und gereizt, sie zwinkerte zweimal, dann setzte sie sich auf. Der Kopfschmerz rollte aus ihrem Hinterkopf in die Stirn und trieb Ausläufer in die Schläfen. Einen Moment lang hielt sich Rosa vornübergebeugt den Kopf. Sie wollte eben aufstehen, als das Display ihres Telefons mit einem blauen Strahlen die Finsternis erhellte, bevor es zu läuten begann.

„Habt ihr ihn gefunden?"

Günther zögerte.

„Wir haben abgebrochen."

Seine Stimme klang seltsam, etwas daran machte Rosa hellhörig.

„Ihm ist schlecht gewesen. Wir haben Erbrochenes im Wald gefunden. Der Hund ist Hans' Fährte eine Zeit lang den Berg hinunter gefolgt, bis zum Bach, aber der Regen hat die Spuren verwaschen."

„Zur Flözerbrücke?"

„Er ist nicht auf dem Weg gegangen, Rosa. Er ist irgendwie gegangen, einfach den Berg runter, querfeldein. Wir glauben, dass er keine Brücke genommen hat, sondern durch den Bach gewatet ist. Dort, wo der Bach an der Bundesstraße rauskommt, ungefähr auf der Höhe der Mühle."

„Warum hat er das gemacht?", fragte Rosa, obwohl sie die Antwort darauf kannte: Weil Hans ein sturer, fauler Hund gewesen war, der immer alles besser gewusst hatte.

„Ich denke, er war so besoffen, der hat nicht gewusst, was er tat."

Hat er schon, dachte Rosa, er war durch den Bach und über die Bundesstraße, dann in den Weg, der zur Mühle führte, und an der Mühle war er links gegangen. Er war über die Gartentür gekommen, begriff Rosa, über den Feldweg, der ihr Haus vom Fluss trennte. Er hatte Schleichwege benutzt.

„Und jetzt?"

„Da ist noch etwas", begann Günther, „die Verbindungsnachweise von deinem Telefon. Milo und du, ihr habt häufig miteinander gesprochen im vergangenen Jahr."

Rosa ließ den Kopf hängen und sah auf ihre Knie, sie atmete laut ein.

„Warum überprüfst du mich?"

„Das gehört zum Protokoll", antwortete Günther, er klang, als wäre ihm das unangenehm, „Milo sagt, er und Hans hätten sich in letzter Zeit nicht mehr so gut verstanden?"

„Ja", antwortete sie schlicht.

„Rosa, wir kommen morgen Früh bei dir vorbei. Wir müssen in das Haus."

Günther hielt die Luft an, dann atmete er langsam und hörbar aus.

„Um alles auszuschließen“, fügte er hinzu, „vielleicht finden wir ja etwas, das uns einen Hinweis gibt.“

„Denkst du, ich habe etwas damit zu tun?“, fragte sie, und sie klang genauso fassungslos, wie sie sich fühlte.

„Du verstehst mich falsch“, sagte er schnell, „ich meine, falls er abgehauen ist. Vielleicht finden wir etwas, das darauf hindeutet.“

„Gehört das auch zum Protokoll?“

„Wenn eine Person vermisst wird, muss man alle möglichen Punkte beachten.“

„Mein Mann ist verschwunden, Günther. Da wird er wohl nicht bei mir zu Hause sitzen, oder?“

„Wir finden ihn, Rosa. Aber um jemanden zu finden, muss man überall suchen, verstehst? Damit keine Fehler passieren.“

Rosa hob den Kopf und sah in die Dunkelheit, bis sie die Kanten und Ecken des Mobiliars erkennen konnte. Sie begriff, dass das alles noch Monate dauern würde, obwohl sie gedacht hatte, es wäre vorbei.

„In Ordnung“, antwortete Rosa schließlich leise, „wann wollt ihr kommen?“

*

Als Milo mit dem Erste-Hilfe-Kasten unter dem Arm nach unten kam, war der alte Mann weg. Er zog zwei Scheine aus der Geldbörse, die er unter den Schlüssel auf den Empfangstresen legte. Milo vernahm das Geräusch einer Tür. Eine alte Frau mit grauen Haaren, die sie zu einem ordentlichen Knopf am Hinterkopf festgesteckt hatte, stand hinter ihm und bedeutete Milo, ihr zu folgen. Sie brachte ihn in einen kleinen Speisesaal, in dem es nach Rauch und altem Fett roch und wo an einem Tisch für eine Person gedeckt war. ‚Beautiful Moments' war zurzeit offenbar nicht ausgebucht.

Er nahm Platz, und die Frau fragte in gebrochenem Deutsch, ob er Spiegeleier wollte. Er nickte, und sie verschwand in der kleinen Küche, die nur durch einen hölzernen Perlenvorhang vom Speisesaal getrennt war. Während sie die Eier zubereitete, konnte Milo ihren Rücken sehen, sie trug ein dunkelblau-rosa geblümtes Tageskleid und eine weiße Schürze. Ein dicker Hund kam langsam in den Raum. Der Hund roch nach Urin, das Fell an seinem Hinterteil war zottelig verklebt und platt gedrückt, an anderen Stellen ausgegangen, eines seiner Augen war weiß. Der Hund starrte Milo eine Weile aus seinem gesunden Auge an, dann begann er zu hecheln und humpelte weiter in die Küche, wo er von der Frau mit sanften, gurrenden Tönen begrüßt wurde. Die

Frau warf die Eierschalen auf den Boden, der Hund fraß die Schalen, dann leckte er bedächtig den Boden ab.

Milo setzte sich mit einem Ächzen hinter das Steuer seines Autos, ließ den Erste-Hilfe-Kasten in den Fußbereich der Rückbank fallen, startete und fuhr zurück auf die Autobahn. Es war kurz nach neun Uhr morgens. Wenige Autos waren auf dem Weg nach Süden, großteils Lkw, deren Speditionen die Kosten der Maut übernahmen. Milo setzte den Blinker und fuhr auf die Überholspur.

Er bekam den Rückruf, auf den er gewartet hatte, und nahm ihn nach raschen Blicken in Seiten- und Rückspiegel entgegen. Während er redete, hielt Milo auf dem rechten Pannenstreifen, auf der Rückseite eines benutzten Parkscheins notierte er die Wegerklärung und wo er den Schlüssel finden würde. Milo sollte ruhig ein paar Tage bleiben, erklärte der Mann, das Haus wäre zwar eine Ruine, aber für einen Junggesellen ausreichend.

Als Milo das Ende der Autobahn erreichte, folgte er der Bundesstraße nach Koper. Er ließ das Fenster herunter und roch das Meer, lange, bevor er es sehen konnte.

*

Rosa schlug die Augen auf. Vor ihrem Haus vernahm sie Stimmen, dann das Rütteln und Schlagen, als ihre Mülltonnen ausgeleert wurden. Die Luftdruckbremse zischte, der Lkw der Müllabfuhr setzte sich wieder in Bewegung. Er fuhr ein Stück und hielt vor dem Nachbarhaus.

Rosa stand auf und zog sich an. Sie machte Kaffee und setzte sich mit dem Handy auf das Hintertreppchen. Im Licht der aufgehenden Sonne sah sie Tautropfen in den Spinnenfäden an den Ästchen der Thujen glitzern, das Gras war noch feucht. Sie sah auf das Handy, sie dachte darüber nach, ob sie Milo anrufen sollte, um die Angelegenheit nochmals bei Tageslicht und nüchtern zu besprechen, aber dann dachte sie an ihre Verbindungsnachweise und entschloss sich dagegen. Stattdessen rief sie ihre Mutter an.

„Und haben sie etwas gefunden?“

„Nein. Nichts.“

„Kommst du rüber?“

„Ich kann nicht“, sagte Rosa, „ich warte auf die Polizei.“

„Die Polizei?“, fragte die Mutter, Rosa hörte, dass sie den Kühlschrank öffnete.

„Die müssen hier nachschauen.“

„Im Haus? Was glauben die denn, das sie finden werden?“ Ein Spatz landete zwei Meter entfernt von Rosa in der Wiese.

Er starrte sie an, reglos, die schwarzen Augen unlesbar.

„Keine Ahnung", antwortete Rosa langsam, „irgendwas."
Rosa stand auf, der Spatz flog davon. Sie ging in die Küche und holte ein angetrocknetes Brotstück aus dem Brotkasten.

„Bevor die Polizei in dein Haus kommt, sollten sie ihn erst einmal ordentlich suchen. Nicht nur auf dem Buchenberg. Die sollten das Fernsehen holen."

„Der Günther will nur helfen."

„Der hat doch immer geglaubt, er wäre was Besseres. Nur Flausen hat er dir in den Kopf gesetzt."

„Ja", sagte Rosa, „du, ich muss jetzt aufhören."
Die Mutter protestierte, aber Rosa hatte das Telefon schon vom Ohr genommen. Sie sah sich im Garten um und stellte zum ersten Mal fest, wie uneinsehbar er war. Eine kleine Enklave, umgeben von baumhohen Hecken, nur die Gartentür ließ einen Blick nach außen zu, über den Fluss hinweg, auf die andere Uferseite. Jemand joggte an ihrer Gartentür vorbei, sie kannte die Person nicht. Wahrscheinlich aus der neuen Siedlung. Sie krümelte ein paar Brösel vom Brot und warf sie in die Wiese, dorthin, wo der Spatz zuvor gesessen war.

Kurz nach acht läutete es an ihrer Tür. Günther und der Neue standen davor, neben dem Gehsteig vor dem Haus parkte das Polizeiauto.

„Geht's dir halbwegs?", fragte Günther.

„Ja", sagte Rosa, sie starrte auf den Vorzimmerboden, „es geht. Was soll ich machen?"

„Nichts. In der Nähe bleiben. Wir schauen uns nur ein

bisschen um. Die mit dem Hund kommen gleich. In ein paar Stunden sind wir wieder weg."

Rosa nickte, aber sie sah nicht auf, bis Günther sie sanft an der Schulter berührte und Rosa ihre Augen mit einer Hand bedeckte und wieder anfing, zu weinen. Wortlos nahm Günther sie in die Arme. Der Neue hatte die Hände vor dem Schritt verschränkt und betrachtete ein Bild neben der Tür, das Rosa und Hans bei ihrer Hochzeit zeigte.

„Kaffee?" Rosa löste sich aus der Umarmung.

Sie führte die beiden in die Küche und zeigte ihnen, wie man die Kaffeemaschine bediente. Rosa konnte nicht aufhören, zu weinen.

„Nehmt euch einfach", sagte sie und schnäuzte sich in ein Stück Küchenrolle, ihre Stimme holperte, die Worte wurden von den Schluchzern abgehackt, „so viel ihr wollt." Rosa griff nach der Dose mit den Kaffeebohnen, aber sie stieß sie um. Kaffeebohnen kullerten über die Anrichte auf den Fußboden.

„Ach Rosa", murmelte Günther, er begann, die Bohnen auf der Anrichte mit seinen Händen zusammenzuschieben, „hast einen Besen?"

Wieder erklang die Glocke an der Eingangstür. Rosa bückte sich und holte Kehrschaufel und Handbesen unter der Spüle hervor. Der Neue, der bis jetzt kein Wort gesagt hatte, verschwand, um die Tür aufzumachen. Während sich der kleine Vorraum mit Leuten füllte, kehrte Rosa die Bohnen auf dem Fußboden zusammen, und Günther schob die von der Anrichte zurück in die Dose.

„Ist alles in Ordnung, Rosa", wiederholte er mehrmals,

weil er nicht wusste, was er sonst sagen sollte. Rosa verstaute Besen und Schaufel wieder im Kästchen. Sie sah zum Kirschbaum. Die Sonne stand mittlerweile hoch genug, der Tau war getrocknet. Nichts glitzerte mehr, alles hatte den fahlen Anstrich eines heißen Spätsommervormittages.

„Ich werde im Garten sein", Rosa schnäuzte sich noch einmal, „ich halt das nicht aus. Ist das in Ordnung?" Ein Hund jaulte im Wohnzimmer, ein ungewohntes Geräusch für Rosa. Sie hob den Kopf.

„Der Hund", sagte Rosa, dann schluckte sie, „was ist das für ein Hund?"

„Schau ihn dir an."

Sie gingen ins Wohnzimmer, in dem neben dem Neuen drei weitere Beamte standen, auch eine Frau mit kurzen, blonden Haaren und stechendem Blick. Ihre Augen standen zu nahe beisammen, die Schneidezähne überlappten sich. Rosa grüßte leise, die Polizisten grüßten zurück. Dann sah sie den Hund. Sie hatte mit einem Deutschen Schäfer oder einem Dobermann gerechnet, aber der Hund war nicht einmal kniehoch, dreifärbig, er hatte hängende Ohren und Unterlider, die gut durchblutetes Gewebe zeigten.

„Das ist Gertrud", sagte der Polizist, der den Hund an der Leine hielt, er redete, als würde er mit einem Kind sprechen. Rosa las auf der Lasche seiner Brusttasche die Stickerei ‚Hundestaffel'.

„Gertrud", wiederholte Rosa, sie streckte die Hand nach der Nase des Hundes aus, aber der Hundeführer sagte schnell: „Nein, bitte nicht."

Rosa zog die Hand wieder zurück.

„Er schaut aus wie der Hund vom Columbo“, sagte sie traurig. Der Hundeführer sah freundlich aus, er war ein bisschen dicker und trug einen gepflegten, graumelierten Vollbart. Er lächelte.

„Gertrud ist ein Bassett“, sagte er, „der Columbo hat auch so einen, stimmt.“

Rosa wischte sich noch einmal mit dem Stück Küchenrolle über die Nase, aber ihre Augen füllten sich wieder mit Tränen.

„Entschuldigung“, sagte sie und lachte kurz, „ich kann nicht aufhören. Ich komm mir so blöd vor.“

Die Polizisten schwiegen betreten, dann sagte der Neue erstmals etwas zu ihr: „Kein Grund, sich zu genieren, Frau Gerber. Das ist ganz normal.“

Erst als sie im Garten auf der Treppe saß, als sie die Geräusche der Polizisten wahrnahm, die begannen, ihr Haus zu durchsuchen, umfing die Angst Rosa wie ein nasses, dunkles Tuch. Alles wurde dunkel und eng in ihr, als versuchte etwas, sie aus dieser Welt zu drängen.

Die Bleiche. Das Blut. Der Hund. Sie begriff erst in diesem Augenblick, dass sie die eingetretene Tür tatsächlich würde erklären müssen.

*

Die Tankstelle hatte nur zwei Tanksäulen, die keine Nummern trugen, aber die eine war grün gestrichen, die andere rosa. Milo stieg aus. Die Strahlen der Sonne, die das Meer zurückwarf, blendeten ihn. Er zog den Schlüssel ab, sah eine Weile auf das Wasser auf der anderen Seite der Straße, auf die Steine und den Müll, der zwischen den Steinen lag, dann tankte er. Er betrat das Innere der Tankstelle, die nicht mehr mit den Raststationen an der Autobahn vergleichbar war. Hier gab es nur einen kleinen Kühlschrank mit Getränken und einen Zeitungsständer sowie eine Maschine, aus der man gegen ein 50-Cent-Stück Kaffee bekommen konnte. Das Mädchen hinter dem Schalter sah von seinem Handy auf, mit dem es gespielt hatte.

„Dober dan", sagte sie und ließ den Blick von oben nach unten über Milo gleiten.

„Dober dan."

Sie reckte ihren Kopf ein wenig und sah aus der Scheibe zu seinem Auto.

„Österreich", sagte sie beinahe akzentfrei auf Deutsch, „macht 65,20."

Milo zählte sein Geld nach, er hatte nicht genug.

„Mit Karte bitte."

„Hier kann man nicht mit Karte zahlen."

„Wie meinen Sie das?“, irritiert sah er auf.

„Wie ich es sage“, antwortete sie, „hier kann man nur bar zahlen.“

„Ich habe aber kein Bargeld.“

Sie zog langsam die Schultern hoch und ließ sie wieder fallen.

„Dann müssen Sie wohl eines auftreiben.“

„Aha. Und wo?“

Sie legte ihren Kopf in den Nacken und starrte an den Plafond, als würde sie nachdenken. Er war ein paar Kilometer außerhalb von Koper, es konnte nicht mehr weit sein bis zu diesem Haus. Die Tankstelle war das einzige Gebäude, das er seit Koper gesehen hatte. Er versuchte, sich zu erinnern, aber er hatte sich nur auf das Meer konzentriert.

„Na, ich würde sagen, in einer Bank. Die gibt es in Koper oder in Izola. Die gibt es eigentlich fast überall.“

Er lachte, weil er so überrascht war.

„Und jetzt?“

„Jetzt“, wiederholte sie, machte dicke Backen und einen Spitzmund und sah ihn wieder an, „gehst du los und holst Bargeld.“

Anstandslos hatte sie zum Du gewechselt. Milo wurde plötzlich heiß.

„Sie sollten das irgendwo anschreiben“, sagte er. Das Mädchen deutete mit dem Daumen über die rechte Schulter. Milos Blick fiel auf einen handgeschriebenen Zettel, auf dem ‚Cash only‘ stand.

„Draußen“, sagte er, „bevor man tankt.“

Sie inspizierte ihre lackierten Fingernägel, der schwarze Lack

war an vielen Stellen abgeblättert, es sah aus, als hätte sie ihn abgenagt. Dann, sehr langsam, sagte sie: „Also gut. So wie ich das sehe, haben wir nicht sehr viele Möglichkeiten. Also her mit dem Autoschlüssel."
Sie streckte ihre Hand aus und machte eine fordernde Bewegung mit den Fingern.

Er wollte etwas sagen, aber sie schnitt ihm das Wort mit einer fahrigen Geste ab. Mit einem Mal sah sie nervös aus, sie hatte ihren Kopf in Richtung des hinteren Bereichs der Tankstelle gedreht.

„Hast du das gehört?", flüsterte sie. Zwischen ihren Augenbrauen zeichnete die Konzentration eine steile Falte.

„Was?"

„Nichts. Ich dachte, ich hätte etwas gehört."
Er öffnete seine Brieftasche und begann, seine Karten durchzusehen.

„Ich dachte, Sie hätten kein Bargeld."
Sie siezte ihn wieder. Er hielt einen Augenblick inne, dann zog er seinen Führerschein heraus.

„Den lasse ich da", sagte er und warf die rosafarbene Scheckkarte auf den Tresen.
Die Karte schlitterte über das abgegriffene Plastik und fiel auf der anderen Seite über die Kante. Das Mädchen fing sie aus der Luft, drehte sie um und las laut seinen Namen vor.

„Milo Kruger", sagte das Mädchen, „geboren 1968."
Er kniff seine Lippen zusammen und verließ die Tankstelle, ohne ein weiteres Wort zu verlieren. Draußen war es heiß. Milo ging rasch auf sein Auto zu. Die Reifen quietschten, als

er auf die Straße einbog und zurück in die Richtung fuhr, aus der er gekommen war. Die Sonne stand beinahe im Zenit.

*

Rosa ging ins Gartenhaus, nahm einen der zusammenklappbaren Stühle und trug ihn in den Schatten des Kirschbaumes. Rosa sah zur Treppe, auf der vor fast genau zwei Jahren ein Kuss ausgetauscht worden war, der ihr Leben von Grund auf geändert hatte, wie ein Strom, der über Nacht die Richtung wechselte, in die er geflossen war. Dort hatte alles begonnen, und jetzt war es so plötzlich dabei, zu enden.

Rosa tippte eine Kurznachricht: ‚Bitte komm zurück. Ich schaffe das nicht ohne dich.' Sie betrachtete den zweiten Satz, dann löschte sie ihn wieder. Rosa versendete die Nachricht, entfernte sie anschließend aus dem Speicher und legte das Telefon neben den Stuhl ins Gras. Langsam ließ sie sich nieder und begann, vor und zurück zu wippen. Sie lauschte den Vögeln und wartete auf Günther. Denn es würde Günther sein, der sie bitten würde, mit aufs Revier zu kommen. Da war sich Rosa ziemlich sicher.

*

Milo fand einen Geldautomaten, aber das Sonnenlicht fiel steil auf den Bildschirm, sodass er kaum etwas erkennen konnte. Mit seiner Hand machte er Schatten, erst dann konnte er die Worte entziffern. Milo schob die Karte in den Schlitz, das leise, unregelmäßige Rattern, mit dem sie eingezogen wurde, erweckte in Milo die Sorge, ob die Maschine seine Karte auch wieder ausspucken würde. Er hob 500 Euro ab, und als er das Geld in seine Geldbörse schob, spürte Milo in seiner Hosentasche eine Vibration. Er zog das Handy hervor, sah, dass die Nachricht von Rosa war, und schob das Telefon, ohne die Nachricht gelesen zu haben, zurück in die Tasche.

Als Milo wieder bei der Tankstelle war und die Tür öffnen wollte, lief er beinahe gegen das Glas. Verständnislos rüttelte er an der Klinke, dann begriff er, dass die Tür abgesperrt war. Sein Blick wanderte an der Innenseite der Glastür entlang, bis er einen weiteren handgeschriebenen Zettel fand: ‚Closed / Chiuso / Geschlossen / Zaprto!'
Die Schrift war unverblichen, der Zettel mit einem durchsichtigen Klebeband an der Tür festgemacht. Milo schlug mit seiner flachen Hand gegen die Tür, dann drückte er noch einmal die Klinke. Wut fauchte in ihm auf, sie ließ ihn mit dem Fuß gegen den Metallrahmen treten, das Glas erzitterte

mit einem lauten Klappern. Er rief nach dem Mädchen und hämmerte mit der Faust gegen das Metall, aber es blieb still.

Ein Auto fuhr an der Tankstelle vorbei, eine Möwe kreischte. Milo drehte sich nach dem Meer um. Er sah nach links, wo sich weit hinter der Kurve im diesigen Licht eines heißen Tages die pastellfarbenen Schemen Izolas abzeichneten.

Milo fand das Haus, ohne sich ein einziges Mal zu verfahren. Er fuhr an Izola vorbei, querte die kleine Halbinsel, auf der Piran lag, bis er Lucija erreichte. In Lucija fuhr er zum Hafen und hielt sich links, folgte der Straße, bis aus ihr am Ortsende ein unasphaltierter Weg wurde, der im Halbrund am Meer um den Ortsteil Seča entlangführte. Seča war nicht mehr touristisch. Büsche, niedrige Bäume und Brachflächen wechselten sich ab, vereinzelt standen Häuser in kleinen Feldern. Er konnte ein paar Weingärten erkennen und rechts von sich, vom Weg durch große Steinblöcke abgegrenzt, das Meer, auf dem die Sonnenstrahlen glitzernde, blendende Schiffchen tanzen ließen. Die Mündung des Kanals kam in Sicht, auf der anderen Seite davon die flachen, rechteckigen Salzfelder von Secovlje. Dahinter lag die Grenze zu Kroatien. Dort, wo der Kanal und das Meer aufeinandertrafen, stand das kleine, desolate Haus, umgeben von einem hohen Maschendrahtzaun.

Das Haus hatte weiß gestrichene Wände, aber offenbar war dem Maler entweder die Farbe oder die Lust ausgegangen, denn als Milo um das Haus herumging, sah er, dass die dem

Meer zugewandte Seite nur teilweise bemalt war, vereinzelte Pinselstriche, als hätte jemand den Pinsel gereinigt. Der Türrahmen war aus Holz und rissig, aber der Schlüssel hing, wo Albert gesagt hatte: an einem rostigen Nagel auf der rechten Seite in Augenhöhe. Die Veranda war schmal, da stand ein Tischchen, von dem Teile der Plastikschutzschicht abgegangen waren, vielleicht hatten sie aber auch nur rastlose Finger abgezogen. Das Metall darunter verrostet, der Rost in dunklen, dünnen Fäden über den Tisch gelaufen. Daneben zwei Stühle, Sitzfläche und Lehne aus eng um den Rahmen gewickelten, verblichenen, teilweise gerissenen, blauen Plastikschnüren. Milo betrachtete die Sitzgelegenheit im Schatten des Vordachs, er sah den leuchtenden, vom Meer zurückgeworfenen Sonnenflecken an der grauen Mauer eine Zeit lang zu, dann nahm er den Schlüssel vom Nagel und öffnete die Tür.

Eine spartanische Küche, ein kleines Bad mit gekachelter Dusche, durch das Waschbecken ging ein großer Riss. Neben der Klomuschel stand ein Kübel, der halbvoll mit Meerwasser war, offenbar zum Spülen gedacht. Das Haus hatte zwei Zimmer. In einem war Baumaterial, aufgerissene Säcke mit Klebespachtel, Grobputz, ein paar Werkzeuge, drei Haufen mit Fliesen in undefinierbarer Farbe, ein paar staubige Glasscheiben. Das andere Zimmer diente als Schlafzimmer. In einem alten Doppelbett aus Spanholz lag ein zerwühlter, aufgezippter Schlafsack auf der Matratze. Milo ging hinaus auf die Veranda, zog das Handy aus seiner Hosentasche und nahm Platz.

‚Bitte komm zurück.‘

Milo starrte auf die Buchstaben. Als er versuchte, sich Rosa vorzustellen, blieb ihr Gesicht eine weiße Fläche, nur Details fielen ihm ein: die Zeichnung ihrer Iriden, die Farbe einer Haarsträhne an der Stirn, die ein wenig heller als die anderen war, ihr Mund. Der Widerstand ihrer Haut, als er danach geschlagen hatte. Zusammensetzen ließ sich nichts davon. Milo sah auf. Der Himmel war blassblau und wolkenlos. Er lauschte dem Meer, roch das Salz, ein kleines Motorboot fuhr aus dem Kanal auf das offene Wasser hinaus. Es trug eine kurze Nummer am Bug und hatte ein Sonnendach. Milo beobachtete das Boot, bis es den Blick auf den Horizont freigab. Der Horizont war leer. Obwohl Milo wusste, dass hinter der blassen Linie Italien lag, fühlte es sich an, als gäbe es dort nichts mehr. Als hätte er das Ende der Welt erreicht.

*

Der Bassett setzte sich an drei Stellen im Haus schweigsam auf seine Hinterläufe: im Bad, am Fuß der Treppe und in der Küche. Die Polizisten bemerkten die eingetretene, klinkenlose Tür erst spät, als sie oben schon beinahe fertig waren.

„Wir brauchen die Spusi", sagte die Polizistin mit den zu eng beieinanderstehenden Augen. Günther, dem im Verlauf der vergangenen Stunde immer unwohler geworden war, der sich mehr und mehr gefühlt hatte, als säße er in einer Klemme, aus der er sich nicht würde befreien können, trat ans Gangfenster im ersten Stock. Rosa saß auf einem Stuhl unter dem Kirschbaum, er konnte nur ihre Beine sehen, der Rest war von den Blättern verdeckt. Günther hatte diese Beine wachsen sehen, er hatte blaue Flecken darauf gesehen, und er hatte gesehen, wie diese Verletzungen verheilt waren, jeden Tag ein wenig blasser, von blau zu violett zu grün und schließlich zu einem blassen Braun, wie die Druckstelle an einem Apfel. Er hatte gesehen, wie aus den knubbeligen Zehen eines Kindes über die kurze Spanne eines Sommers die langen einer heranwachsenden Frau geworden waren. Rosa und Günther waren beide Einzelkinder. Die Freundschaft, die sie als Kinder gehabt hatten, war am nächsten an das herangekommen, was Geschwister kannten.

„Chef?", fragte der Neue, „soll ich Bescheid geben?"

Günther reagierte nicht, hinter seinem Rücken wurden Blicke ausgetauscht.

„Wegen der Spurensicherung“, begann der Neue noch einmal, und Günther drehte sich zu den Polizisten um, er blickte einem nach dem anderen ins Gesicht.

„Ich will mit ihr sprechen“, sagte er schließlich und nickte zum Neuen, der sich zögerlich in Bewegung setzte. Günther drehte sich wieder zum Fenster um.

„Und das ist sicher?“

„Sicher“, sagte der Hundeführer, „Gertrud täuscht sich nicht.“

„Und dann ist da noch die Tür“, sagte die Polizistin.

*

Als Milo sich ins Auto setzte, um nach Lucija zu fahren, läutete sein Telefon. Er legte den ersten Gang ein und fuhr durch das Tor, bevor er das Gespräch entgegennahm.

„Du willst wissen, was ich davon halte? Reiß es ab und bau ein neues", sagte Milo, „übergieß es mit Benzin und wärme dich am Feuer."

Albert schwieg.

„Das ist ein guter Rat. Die Mauern sind feucht. Es steht viel zu nah am Wasser. Wenn die Wellen nur ein bisschen höher sind, ist das Meer in der Küche, und so wie es aussieht, war es das schon zu oft."

„Es ist das Haus meines Großvaters", sagte Albert, „ich kann es nicht einfach abreißen. Es hat wirklich große Bedeutung für ihn gehabt."

Milo dachte an den Hof seiner Familie, an das eingestürzte Dach und den einsamen Schornstein mit dem Storchennest, an den Schuppen, aus dem er achtlos Bretter gerissen hatte. Als Junge hatte er geholfen, sie anzunageln. Gestern hatte Milo dort einen Toten verscharrt, für eine Frau, die ihren sie misshandelnden Mann nicht für ihn verlassen hätte. Mit dieser Welt stimmte etwas nicht, und vielleicht hatte nie etwas damit gestimmt, jedenfalls nicht für ihn.

„Lebt dein Großvater noch?"

„Nein."

„Na also“, sagte Milo, „dann kann es ihn auch nicht mehr stören.“
Er willigte dennoch ein, als Albert ihn bat, zu bleiben, um es sich zu überlegen.

Es gab keinen anderen Ort mehr, an den er hätte gehen können.

Der Zettel an der Glastür war immer noch da, die Tür abgesperrt. Er hörte ein Auto mit wummernden Boxen in die Tankstelle einfahren und drehte sich nach dem roten VW mit deutschem Kennzeichen um. Der Beat, der aus dem Auto drang, brachte den Boden zum vibrieren. Als das Auto stehen blieb, hörte die Musik abrupt auf. Ein junger Mann mit hellen Haaren und einem starken Sonnenbrand am ganzen Körper stieg aus. Seine Haut war voller Sommersprossen, er trug grellblaue Shorts, Flip Flops und ein ärmelloses, weißes Shirt mit einem aufgedruckten Adler. Er hatte eine seltsame Frisur, die Milo an seine Zeit beim Militär erinnerte – wer schnitt sich die Haare so, wenn er nicht musste? Auf dem Beifahrersitz saß eine junge Frau, die sich im Spiegel der Sonnenblende betrachtete, vor allem die Partie um das Kinn. Der junge Mann ging zur Tanksäule und griff nach einem der Zapfrüssel, er öffnete den Tankdeckel des VW, und Milo rief laut: „Da ist zu.“

Der Mann hielt inne und drehte sich zu Milo um. Er hatte helle, unfreundliche Augen.

„Was?“

„Da ist zu. Niemand da.“

Der junge Mann sagte etwas Abfälliges, das Milo nicht verstand, und steckte den Rüssel in die Tanköffnung seines Wagens. Es blieb still. Er rüttelte ein wenig am Schlauch, dann sah er zur Anzeige an der Zapfsäule und rüttelte noch einmal. Milo beobachtete den Mann schweigend.

„Was will der Alte?", die Frau hatte die Beifahrertür geöffnet.

Milo spürte, dass er rot wurde.

„Nichts", sagte der Mann zu seiner Freundin, er steckte den Schlauch zurück in die Zapfsäule, „fahren wir weiter."

Seine Begleitung widmete sich wieder ihrem Kinn. Der Mann schloss den Tankdeckel, ging um das Auto herum und setzte sich hinter das Steuer. Viel zu schnell fuhr er aus der Tankstelle.

„Idiot."

Das Mädchen war hinter der Ecke der Tankstelle aufgetaucht. „Ich hasse diese Typen, wirklich. Hast du den gesehen? Das muss doch wehtun."

Sie trat aus dem gleißenden Sonnenlicht unter das Dach der Tankstelle. Als sie näher kam, nahm er einen stechenden Geruch wahr, beißend, wie von wilden Tieren. Das Mädchen fummelte einen Schlüssel aus seiner Hosentasche und sperrte die Tür zur Tankstelle auf. Mit einer auffordernden Kopfbewegung bedeutete sie ihm, ihr nach innen zu folgen. Sein Blick fiel auf ihren Hintern, sie trug eine unförmige Hose, er sah weg, auf den brummenden Kühlschrank. Das Mädchen sperrte die Tür hinter ihnen wieder ab, trat hinter die Kassa, bückte sich und holte den Führerschein hervor.

„Milo Kruger“, das Mädchen legte das Dokument auf den Tresen. Mit dem Zeigefinger schob sie es in seine Richtung, „ich will mein Geld. 65,20.“
Milo zählte drei Scheine neben seinen Führerschein, den Rest sammelte er in Münzen zusammen. Er hob den Kopf, und ihre Blicke trafen sich. Sie hatte schöne Augen, die ein wenig traurig wirkten und zu stark geschminkt waren.

„Trinkgeld gibt's keines“, sagte er, aber es klang freundlich. Sie lachte, dann griff sie nach dem Geld.

„Ihr Typen seid doch alle gleich“, antwortete sie kopfschüttelnd.

*

Rosa sah auf die eingetretene Tür, die sie selbst vor kaum 48 Stunden dort eingehängt hatte. Sie schluckte, ihr Blick wischte zur Seite, zu Günthers Schuhen.

„Ja“, sagte sie und räusperte sich, „wie du gesagt hast.“

Der Neue verlagerte sein Gewicht auf den anderen Fuß. Günther kam einen Schritt auf sie zu.

„Was ist da passiert, Rosa?“

Mit einer Hand begann Rosa, sich Luft zuzufächeln, sie sah an der Tür nach oben, bis zu der Stelle, an der die Klinke herausgerissen war.

„Und wann ist das passiert?“

Rosa sah an Günther vorbei zu dem Neuen, dann ließ sie ihre Hand wieder sinken. Sie biss sich auf die Unterlippe. Der Neue verzog keine Miene.

„Können wir allein sprechen?“, fragte sie leise. Günther hob die Schultern, als wäre ihm kalt.

„Sag es einfach.“

Sie zögerte, dann öffnete sie den Mund und schloss ihn wieder.

„Siehst du doch. Er hat sie eingetreten.“

„Wann?“

„Vergangene Woche.“

„Warum?“

„Warum“, wiederholte Rosa, sie verschränkte die Arme

vor der Brust und zuckte die Schultern, „weil er wütend war."

„Warum war er wütend?"

„Weil die Tür abgesperrt war und der Schlüssel nicht steckte."

„Warum war die Tür abgesperrt?"

„Weil ich ein Geschenk für Hans hatte. Zu seinem Geburtstag."

„Und deswegen tritt er die Tür ein?"

Sie sah zum ersten Mal auf, in Günthers Augen.

„Bitte, Günther." Sie sprach leise, aber Günther schwieg, er presste seine Lippen aufeinander, eine dünne, gerade Linie in seinem Gesicht.

„Hast du das?", fragte er den Neuen.

Erst jetzt bemerkte Rosa das Notizbuch in dessen Händen, den Stift, der über das Blatt Papier flog.

„War er oft so?", fragte Günther, und diesmal war die Frage wieder an Rosa gerichtet.

Rosa neigte den Kopf und sah zur Seite, zu der offenen Tür des Schlafzimmers. Die Polizisten waren sogar dort gewesen, die Kastentür war nicht ganz zu, der Zipfel eines Kleidungsstückes hing hervor.

„Du kennst ihn doch", sagte Rosa schließlich langsam.

„Ist das öfter vorgekommen?"

„Was? Dass er Türen eingetreten hat?"

„Zum Beispiel."

„Nein. Nur diese eine", Rosa nickte zur Tür.

„Wir werden die Spurensicherung rufen müssen", sagte Günther, „verstehst du, was ich dir sagen will."

„Warum?“

„Du musst mitkommen aufs Revier, Rosa.“

„Warum?“, fragte sie noch einmal, diesmal schwang ein heller Ton mit. Und dann sagte er den Satz, vor dem sie sich am meisten gefürchtet hatte: „Wegen des Blutes. Deswegen, Rosa.“

*

Die Käfige standen auf einem Holztisch im Schatten eines länglichen Gebäudes, in dem einst ein Restaurant gewesen war. Das Mädchen blieb davor stehen. Auf dem asphaltierten Platz hinter der Tankstelle musste es 40 Grad haben, die Sonne heizte den Belag auf, und der Wind, der am Meer entlangstrich, brachte hier keine Abkühlung. Sie fädelte ihre zehn Finger in die Maschen des ersten Käfigs. Neben einem Stuhl lag eine Frauenzeitschrift auf dem Betonboden, daneben eine zerdrückte Coladose und ein übervoller Aschenbecher, eine weitere, unzerdrückte Dose stand auf der Sitzfläche. Milo hatte gedacht, dass die Käfige leer wären, aber als er neben das Mädchen trat, sah er, dass das, was er für alte Plüsch- und Stofffetzen gehalten hatte, keine waren. Das Mädchen nickte zu dem Käfig, in dem es seine Finger verhakt hatte. Milo beugte sich vor, er stützte seine Hände auf den Oberschenkeln ab und kniff die Augen zusammen. Einer der dunklen Plüschfetzen atmete schnell. Milo fand die ganze Form des Lebewesens in dem Stoffhaufen, es sah aus wie ein Marder, aber sie erklärte, dass es sich um Frettchen handeln würde. Das Tier im zweiten Käfig hatte einen weißen Fleck auf der Brust. Als es eine Bewegung des Mädchens wahrnahm, bleckte es seine Lefzen und präsentierte eine Reihe spitzer Zähne. Auch im dritten Käfig war ein Frettchen, es sah anders aus, das Fell rötlich, es hatte sich zu einem Kringel zusammengerollt. Im letzten Käfig war eine kleine Schildkröte. Das Reptil saß auf einer alten Zeitung, an der Seite, die am weitesten von dem roten Frettchen entfernt war. Die Schildkröte hatte sich vollständig in ihren Panzer zurückgezogen. In der Ecke waren ein kleines Behältnis mit grünlichem Wasser, ein sehr welkes, an den Rändern braunes Salatblatt und ein Stück Wurst. Milo wich zurück. Der Gestank der Tiere war durchdringend. Die Schildkröte, erklärte das Mädchen, wäre neu. Vergangene Woche wäre sie auf dem asphaltierten Platz vor der Tankstelle in der Sonne gesessen, zuerst habe sie das Reptil für einen Stein gehalten. Milo sah sich um. Hinter der Tankstelle waren nichts als sonnenverbrannte Ödnis, scharfkantige Steine und Mist. Einen Moment lang blieb es still zwischen den beiden, das Mädchen verlagerte sein Gewicht. Milos Blick fand zurück in ihr Gesicht. Sehr langsam zog sie die Finger aus den Maschen und schob ihre Hände die Hosentaschen.

„Gefallen sie dir?", fragte sie. Das Mädchenhafte, das sie an sich gehabt hatte, war verschwunden. Da war nicht einmal eine Unterarmlänge zwischen ihrem Busen und seiner Brust.

„Ich muss fahren", sagte er und trat an ihr vorbei, aus dem Schatten in die Sonne, aber bevor er um die Ecke ging, drehte er sich noch einmal um. Unverändert stand das Mädchen neben seinen Käfigen, die Hände in den Hosentaschen, und sah ihm nach.

„Wie heißt du?", rief er über den leeren Platz. Sie begann zu lächeln.

„Ludmilla." Ihre Hand hob sich zu einem kleinen Winken.

*

Rosa starrte auf die grau-weiße Tischplatte vor sich und versuchte zu definieren, ob der Tisch grau war oder weiß. Die Jalousien vor dem Fenster waren bis zur Hälfte heruntergelassen, das grelle Sonnenlicht fiel in einem Trapez auf das ebenfalls grau-weiße Linoleum. Der Tisch hatte eine nierenartige Form. Da war ein grauer Schrank an der Wand, auf dem Schrank ein Blumentopf mit Efeu, aber die Blätter sahen trocken aus, als wäre die Pflanze lange nicht mehr gegossen worden. Auf dem Tisch standen ein Krug mit Wasser und ein paar Gläser. Sie sah zur Seite, durch ein weiteres, längliches Fenster, das den Besprechungsraum vom Büro trennte. Im Büro waren zwei Schreibtische, an der Stirnwand hing eine Karte von Niederösterreich. Günther stand bei einem der Schreibtische, offenbar sein eigener, da war ein gerahmtes Foto, aber sie konnte nicht sehen, was darauf abgebildet war. Er starrte auf den Bildschirm seines Computers und ließ die Maus über den Tisch gleiten. Der Neue kam zur Tür herein. Das Telefon läutete, der Neue ging zu seinem Tisch und hob ab. Vor diesem Tisch hatte Rosa vor zwei Tagen gesessen und die Vermisstenanzeige aufgegeben. Sie konnte nicht hören, was der Neue sagte. Günther starrte immer noch auf den Bildschirm. Er hatte sie gebeten, einen Augenblick zu warten, hatte gefragt, ob sie Kaffee wollte, aber sie hatte abgelehnt. Dann war er aus dem Raum zu seinem

Schreibtisch gegangen, und seither tat er irgendetwas mit seinem Computer. Der Neue legte auf und sagte etwas zu Günther, Günther blickte ihn einen Moment lang an, dann nickte er. Er sah zu Rosa. Sie zwang sich zu einem kleinen, traurigen Lächeln. Er lächelte ebenso traurig zurück.

„Also", sagte Günther und trat ans Fenster. Er begann, mit der Kordel der Jalousie zu spielen. Sein Umriss zerstörte die Trapezform des Sonnenlichts.

„Also", sagte Rosa leise. Er drehte sich zu ihr um.

„Was ist da los, Rosa."

„Nichts." Sie zog die Nase hoch.

„Und das Blut?"

„Hast du dich noch nie zu Hause verletzt?"

„Also ist das Blut von einer Verletzung?"

Rosa sah wieder auf die Tischplatte. Sie presste ihre Lippen aufeinander.

„Ja? Von welcher Verletzung?"

Rosa räusperte sich, aber sie blieb still. Günther ging um den Tisch herum. Als er hinter ihr war, blieb er stehen und sagte: „Das ist nicht der Moment, um zu schweigen."

Sie sah zur Seite, durch das Fenster, das die beiden Räume trennte. Der Neue saß mit verschränkten Armen zurückgelehnt in seinem Stuhl und starrte sie an.

„Hört er mit?", fragte Rosa leise.

Günther setzte sich neben sie.

„Nein", sagte er, „schau mich an, Rosa. Wir kennen einander schon so lange. Bitte rede mit mir."

Sie hob den Kopf und sah ihm in die Augen.

„Wie dein Papa gestorben ist. Kannst du dich erinnern? Wir haben jeder ein Bild gemalt für dich im Kindergarten. Ich hab deinen Papa gemalt“, sagte Günther, und an dieser Stelle legte er eine Hand auf ihren Unterarm und drückte ihn, „ich weiß es noch ganz genau. Mit Flügeln. Daneben hab ich dich gemalt, und du hast auch Flügel gehabt.“

Rosas Mund fiel auf, sie schluchzte leise.

„Und das eine Mal, als deine Mama dich wieder gehaut hat, und du bist weggelaufen, und wir haben einander im Wald getroffen, bei unserem Versteck, und haben gesagt, dass wir nie wieder nach Hause gehen. Kannst du dich daran erinnern?“

Sie schluckte zweimal, dann öffnete Rosa ihre Handtasche, die auf ihrem Schoß lag, und holte ein Päckchen Taschentücher hervor.

„Früher hast du mir alles erzählt.“

„Da waren wir Kinder.“ Rosa lachte bitter.

„Wir waren Freunde“, entgegnete Günther, „und wir sind immer noch Freunde. Deswegen musst du mir sagen, was passiert ist.“

Sie entfaltete das Taschentuch und schnäuzte sich.

„Nichts“, sagte sie, „gar nichts ist passiert. Er ist einfach weg. Ich versteh das alles nicht.“

Er schwieg lange, dann nahm er die Hand wieder von ihrem Arm.

„Nicht das“, sagte er leise, „ich muss wissen, von wem das Blut in eurem Haus ist, Rosa.“

Sie hielt die Luft an, so lange, bis das Rauschen in ihren Ohren, der Herzschlag, das einzige Geräusch in ihrem Kopf war. Kein Vogelgezwitscher, kein Verkehrslärm, kein Telefon, kein Faxgerät. Als sie dachte, sie würde es nicht mehr aushalten, zwang sie sich noch ein wenig länger dazu. Dann, ganz langsam, atmete sie wieder aus und flüsterte beinahe unhörbar: „Meines."

„Hast du dir wehgetan?"

Sie zögerte, dann schüttelte sie den Kopf.

„Sondern?"

Rosa blinzelte. Eine, dann eine zweite große Träne fielen von ihren Wimpern vor ihr auf den Tisch, der weder grau noch weiß, sondern beides war. Sie legte ihren rechten Zeigefinger vorsichtig auf eine der Tränen. Die Flüssigkeit breitete sich konzentrisch aus.

„Rosa."

„Was glaubst du", flüsterte sie schließlich.

„Hat er dich geschlagen?"

Sie schob den Zeigefinger vor. Mit ihrer Träne malte Rosa einen langen Strich auf den Tisch. Sie hörte Günther laut einatmen, der Atemzug war unregelmäßig. Rosa wagte nicht, ihn anzusehen.

„Wann?", fragte er.

Rosa nahm den Zeigefinger von der Tischplatte und legte ihre Hände auf ihrem Schoß ineinander.

„Was meinst du?"

„Wann hat er dich geschlagen?"

Sie sah auf, die Augenbrauen hochgezogen, die Miene legte

ihre Stirn in Falten. In ihren Augen schwammen Tränen.

„Am Samstag", sagte sie, hob die Hand wieder und tippte mit dem Zeigefinger auf die Spitze ihrer Nase.

„Ins Gesicht?"

„Ich hab aus der Nase geblutet."

Günther legte beide Hände flach auf den Tisch. Er drehte seinen Kopf und sah lange aus dem Fenster, bevor er wieder etwas sagte.

„Also habt ihr am Samstag gestritten", sagte er, „dann hat er dich ins Gesicht geschlagen. Du hast aus der Nase geblutet. Wo ist das passiert?"

Sie schloss die Augen. Rosa hatte so lange darüber nachgedacht, was sie sagen würde, dass es sich beinahe wie die Wahrheit anfühlte: „In der Küche. Wir haben uns nicht direkt gestritten, Günther, so war das nicht."

„Er hat dich in der Küche geschlagen?"

„Er hat ...", sagte sie und unterbrach sich, die Augen geschlossen, ihre rechte Hand fuhr zum Hinterkopf, mit zwei Fingern fühlte sie nach der Beule, „... er hat mich an den Haaren zur Treppe gezogen. Ich bin mit dem Hinterkopf gegen eine Stufe gestoßen."

Günther bewegte sich, er stöhnte. Er hatte sein Gesicht in den Händen vergraben.

„Und dann?", fragte er, als es lange still geblieben war.

„Es war nicht seine Schuld. Ich war ungeschickt. Ich hab einen Teller fallen lassen, und er war doch so müde von der Woche."

„Du hast einen Teller fallen lassen?", sagte Günther und

nahm die Hände wieder vom Gesicht. Er sah ungläubig aus, aber da war noch etwas anderes.

„Du hast einen Teller fallen lassen“, wiederholte er, „also schlägt er dich ins Gesicht und knallt deinen Kopf gegen die Treppe, wo er dich an den Haaren hingezogen hat. Habe ich das richtig verstanden?“

Günther war laut geworden. Rosas Unterlippe fing an zu zittern.

„Es tut mir leid“, sagte sie.

„Dir tut es leid?“, fragte er laut, er schrie beinahe, und Rosa zuckte zusammen, „Mir tut es leid, Rosa! Ihm sollte es leid tun!“

„Es tut ihm bestimmt leid“, sagte sie überzeugt, „es hat ihm immer leid getan.“

Günther hielt inne.

„Immer? Wie meinst du das? Hat er das öfter gemacht?“

„Nein“, sagte Rosa schnell, „nein. Er ist ein guter Mann, Günther, wirklich. Er hat nur so viel Stress gehabt, das ist alles. Und dann hat er sich vergangenes Jahr auch noch das Bein gebrochen.“

Günther ließ sich in seinen Stuhl fallen. Er sah ihr in die Augen, und was sie darin erkannte, tat ihr weh. Da waren Schmerz, Entsetzen, Mitleid. Da waren Vorwürfe.

„Günther“, begann sie leise, „er macht es nicht oft. Und es macht mir nichts aus. Wirklich.“

„Ist dir bewusst, was du da sagst?“

Sie hielt irritiert inne. Kurz dachte sie, etwas falsch zu machen, aber als sie sein Gesicht sah, gewann sie schnell wieder an Zuversicht.

„In einer Ehe muss man eben für einander da sein. In guten wie in schlechten Zeiten."

„Denkst du, ich habe Katha jemals geschlagen, weil ich eine schwere Woche hatte?" Er war wieder laut geworden, beinahe feindselig. Rosa machte den Mund auf und wieder zu. Sie dachte lange über ihre Antwort nach, dann hob sie langsam die Schultern und ließ sie wieder fallen.

„Du bist nicht der Typ dafür", sagte sie, als würde es um eine Farbberatung oder Lederjacken gehen, „außerdem bist du Polizist."

„Denkst du, Martin da draußen hat seine Freundin jemals geschlagen?", setzte Günther nach, sie war überrascht, wie außer sich er klang, wie wütend. Rosa wandte verständnislos den Kopf nach dem Neuen. Martin, so hieß er also. Martin hatte die Arme nicht mehr vor der Brust verschränkt. Er sah auch nicht mehr skeptisch aus. Er saß vornübergebeugt, einen Arm um den Bauch, die andere Hand hatte er auf den Mund gelegt. Seine Augen schienen zu groß für sein Gesicht geworden zu sein.

„Nein", beeilte sich Rosa zu sagen, sie legte beide Hände vor sich auf den Tisch, „ich meine, was ich sagen will, ist, dass nicht alle Männer gleich sind."

„Denkst du, es ist in Ordnung von Hans, dass er dich schlägt?"

Rosa zog die Hände wieder vom Tisch. Sie lehnte sich zurück, ihre Finger verschränkten sich ineinander, sie presste die Handflächen zusammen und lockerte den Druck wieder.

„Nachher bin ich ins Bad und hab mir das Gesicht gewaschen“, sagte sie, „aber es hat doch recht stark geblutet. Ich hab den ganzen Boden eingesaut.“ Rosa lachte, mit beiden Händen wischte sie sich die Tränen von den Wangen. Günther blickte in den Himmel. Dort kreuzten sich die Kondensstreifen dreier Flugzeuge. Er saugte an seiner Oberlippe, dann biss er fest darauf. Wortlos stand er auf und ging hinaus.

„Sind sie da?“, hörte Rosa Günther fragen, aber die Antwort bekam sie nicht mehr mit, denn in diesem Augenblick stieß Günther die Tür zum Besprechungsraum zu und schnitt Rosa von der weiteren Unterhaltung der beiden Männer ab.

*

Nach dem dritten Bier wurde Milo hungrig, also bestellte er sich noch eines und dazu einen Toast. Die Kellnerin brachte den Toast, mit Ketchup hatte sie ein lachendes Gesicht darauf gemalt. Sie lächelte, als sie den Teller vor ihm abstellte. Das Café war nun ziemlich voll. Es war noch hell, das Meer hatte die Farbe von Perlmutt, im Westen leuchtete der Himmel, die Sonne ein verschmierter, roter Fleck über dem Wasser. Jetzt nahm Milo erstmals die vielen Touristen wahr, die nach einem langen Tag am Strand erholt und mit noch sonnenwarmer Haut die Straßen füllten. Familien und Paare, die beieinander saßen, lachten, Eis aßen und Kaffee, Longdrinks mit Schirmchen oder Bier tranken. Sie sahen glücklich aus, entspannt. Milo dachte an Rosa. Sie hatte ihn an der Leine gehabt, wie einen Hund.

Er legte den halb gegessenen Toast wieder auf den Teller und wischte sich Ketchupreste aus den Mundwinkeln. Milo griff nach dem Zigarettenpäckchen, sah, dass es leer war, und hob seine Hand, um der Kellnerin zu winken. Mit einem traurigen Nicken zu seinem Teller fragte sie ihn, ob er schon fertig wäre, aber Milo schüttelte den Kopf. Als er die Zigaretten bestellte, lächelte sie wieder und zwinkerte. Ihm fielen ihre geübten Schritte auf, mit denen sie sich zwischen den Tischen hindurchbewegte, der schwarze, knappe Rock, die langen Beine, die geübte Art, mit der sie das Tablett auf

Brusthöhe über den Köpfen der Kundschaft balancierte.

Milo sah zur Seite. Auf der Promenade stand das Mädchen von der Tankstelle. Ohne darüber nachzudenken hob er seine Hand und winkte, er rief ihren Namen, und sie lächelte, beinahe stolz. Ihre Wangen röteten sich ein wenig. Er bedeutete ihr, herzukommen, zuerst schüttelte sie den Kopf, aber dann, nach einer weiteren Aufforderung, kam Ludmilla an seinen Tisch.

„Trinkst du etwas mit mir? Ich lade dich ein."

Sie trug ein schwarzes Oberteil, das schulterfrei war und nur durch ihren Busen am Herabrutschen gehindert wurde. Ihre Füße steckten in weißen Sandalen, sie hatte ihre Fingernägel neu lackiert und trug die Haare offen. Da waren ein paar Kratzer an ihren Unterarmen, von denen er nun wusste, woher sie stammten. Ludmilla griff nach der Karte. Sie roch gut. Ihre Haut schien fest zu sein und gleichzeitig elastisch – wenn man den Finger hineindrückte, würde man genau die Art von Widerstand spüren, die in einem den Wunsch aufbrechen ließe, hineinzubeißen. Sie entschied sich für ein Bier. Als die Kellnerin mit seinen Zigaretten kam, veränderte sich deren Gesichtsausdruck. Sie fragte das Mädchen auf Slowenisch, was es hier wollte, und das Mädchen antwortete in genau demselben bissigen Tonfall, dass das die Kellnerin nichts anginge. Milo verstand fast alles, was die beiden Frauen zueinander sagten, doch erst gegen Ende der Unterhaltung realisierte er den Misston in ihren Stimmen. Als die Kellnerin mit Ludmillas Bier zurückkam, stellte sie es hart auf den Tisch, Schaum schwappte über den Rand. Ludmilla lächelte verlegen, sie schien nicht zu wissen, was sie sagen sollte, dann fiel ihr Blick auf das Zigarettenpäckchen.

„Darf ich?", fragte sie, sie zog eine Zigarette heraus, Milo beugte sich vor und wollte das Feuerzeug nehmen, aber Ludmilla war schneller. Sie lachte ihn an, die Zigarette hielt sie zwischen ihren Schneidezähnen eingeklemmt, und gab sich selbst Feuer. Sein Hirn war endlich langsam. Keine Rosa, kein toter Hans in Leintüchern in seinem Auto, keine Gruben im Wald, keine Schaufeln, keine Erinnerungen, kein gar nichts. Wie in alten Zeiten.

*

Das leuchtende Trapez des Sonnenlichts war gewandert. Vor Rosa und Günther standen zwei leere Kaffeetassen.

„Was machen wir jetzt?“, fragte Günther zum zweiten Mal. Rosa sah auf. Erneut antwortete sie nicht auf seine Frage. Es klopfte, und die Tür ging auf, Martin steckte seinen Kopf durch die Öffnung und entschuldigte sich, er nickte Richtung Rosa, wie, um zu grüßen, und bat Günther, zum Telefon zu kommen. Martin verschwand wieder, mit einem Klicken glitt die Tür ins Schloss. Günther erhob sich.

„Er hört alles mit, oder?“, sagte Rosa.

„Ja“, antwortete er.

„Du hast mich angelogen.“

Wortlos verließ Günther den Raum.

Während Rosa auf dem Revier war, untersuchte die Spurensicherung ihr Haus. Mit ihren Puderdöschen, Pinselchen und Flüssigkeiten bestäubten die Forensiker das Stufengeländer, die Treppen, die Böden, die Türrahmen und Klinken. Sie besprachen sich, nahmen Fingerabdrücke und sammelten Haare ein, sie sahen in die Waschmaschine und den Putzmittelschrank unter der Spüle, sie öffneten alle Türen, die Deckel der Mülltonnen, die leer waren, gingen ins Gartenhaus und wühlten sich durch einige der Kartons mit Hans' Zeug. Sie wussten eine Zeit lang nicht, wozu die

Halterung unter der Sitzbank in der Küche diente, dann fanden sie die Gewehre im Keller und begriffen. Sie machten Fotos und telefonierten.

Schließlich packten sie alles wieder zusammen und fuhren zurück nach Wien.

Rosa hatte gefragt, ob sie Hans' Auto noch bräuchten, und Martin hatte angeboten, sie zuerst nach Hause zu bringen, um den Ersatzschlüssel zu holen, und dann zum Wirtshaus zu fahren. Es war beinahe acht und auf den Straßen kaum Verkehr. Vereinzelt Jogger, Menschen, die mit ihren Hunden spazieren gingen, Leute mit Nordic-Walking-Sticks. Im Auto war es still, keiner von beiden sprach. Die Anspannung fiel von Rosa ab, und je mehr sie es tat, desto schläfriger und erschöpfter fühlte sie sich. Der Himmel war von einem satten Pink und beinahe wolkenlos.

„Ein schöner Tag", sagte Rosa leise zur Beifahrerscheibe, sie suchte nach der Kurbel, um das Fenster herunterzulassen. Martin deutete auf einen Knopf auf der Mittelkonsole, Rosa drückte ihn, und Fahrtwind begann, ihre Haare zu zerzausen. Es roch nach frisch gemähtem Rasen, jemand grillte. Martin setzte den Blinker, wartete, bis der Gegenverkehr sie passiert hatte, dann bog er in die Kriemhildgasse ab und parkte vor ihrem Haus. Rosa stieg aus.

„Ich warte auf Sie", sagte Martin durch das offene Fenster.

Das Haus war in Unordnung, die Spurensicherung war nicht so umsichtig gewesen wie Günther und seine Leute.

Rosa lief in das obere Stockwerk. Als sie ihre Hand vom Geländer nahm, waren die Finger voll rosa-grauem Staub. Im Zimmer mit der eingetretenen Tür zog sie die Lade des so selten benutzten Schreibtisches auf. Zwischen Kugelschreibern, Büroklammern und Notizzetteln lag der Ersatzschlüssel. Er hatte einen grünen Plastikanhänger, in den ein durchsichtiges Fenster mit einem Papierschieber eingelassen war. ‚Auto' hatte Hans auf das Papier geschrieben, seine Handschrift steil und eng, der Stift war fest aufgedrückt worden.

Rosa und Martin sprachen nicht, während sie den Weg zum Wirtshaus zurücklegten, erst, als Martin neben Hans' Auto hielt, sagte er etwas.

„Wir finden ihn."

Rosa hielt die spaltbreit geöffnete Tür am Griff fest. Der Anblick des dunkelblauen, sauberen Autos ihres Ehemannes löste nichts in ihr aus.

„Es tut mir wirklich leid, Frau Gerber."

Sie stieß die Tür ganz auf und stellte ihren rechten Fuß auf den Asphalt.

„Ihnen braucht nichts leid zu tun", sagte Rosa und stieg aus dem Auto, „Sie können nichts dafür."

„Trotzdem." Martin ließ den Wagen wieder an.

„Sie sind noch jung. Sie werden sehen."

„Wir finden ihn", sagte Martin noch einmal, sein Blick hing lange auf ihrem Gesicht, „und wenn wir ihn gefunden haben, geht er ins Gefängnis."

Rosa sah ihn ernst an, dann nickte sie ein Mal.

„Ich danke Ihnen."

Ihre Hände spielten mit dem Schlüssel, als sie dem jungen Polizisten nachblickte. Martin bremste an der Hauptstraße, dann bog er ab und verschwand. Rosa drehte sich um und sperrte das Auto auf, die Zentralverriegelung klackte. Das Auto roch penetrant nach Zitrone. Sie hatte diesen künstlichen Geruch noch nie gemocht, ihr wurde davon übel. Es war sauber, kein Staub, keine Krümel, keine leeren Flaschen oder Kaugummipapiere. Hans war ordentlich gewesen, eine seiner Eigenschaften, die man ihm nicht zum Vorwurf machen konnte. Sie glitt hinter das Lenkrad, griff unter den Fahrersitz und rutschte nach vor, bis ihre Füße zu den Pedalen kamen. Rosa korrigierte den Rückspiegel und stellte die Seitenspiegel ein, zuerst den rechten, dann den linken. Sie startete den Wagen, schnallte sich an und ließ das Fenster herunter. Langsam fuhr sie los. Das zitronenförmige, gelbe Kartonstück, von dem der unangenehme Geruch ausging, baumelte am Rückspiegel. Mit einem festen Ruck riss Rosa es ab und warf es aus dem Fenster.

*

Milo hörte sie kichern. Es war dunkel, langsam tastete er sich an der Wand des Hauses zur Veranda, auf das Klatschen der Wellen zu, die an die Steine schlugen.

„Beeil dich“, sagte Ludmilla, „ich fürchte mich im Dunklen.“ Wieder lachte sie. Er erreichte das Ende der Mauer, erkannte die Schemen der Steine, die keinen Meter von ihm entfernt das Haus vom Wasser trennten. Er versuchte, sich zu erinnern, wo der Lichtschalter war oder ob es überhaupt einen gab.

„Sei vorsichtig, sonst fällst du ins Wasser.“

Er hörte sie stolpern und fluchen, „Mach Licht, Milo.“

Mit flachen Händen fuhr er die Wand um die Tür ab, aber da war kein Schalter. Auf dem Tisch, im fahlen Licht der Mondsichel, lag ein kleiner, rechteckiger Gegenstand, sein Telefon.

Er griff danach, wofür er einige Anläufe brauchte, das Display leuchtete auf. Keine Anrufe in Abwesenheit, keine SMS. Es war kurz nach elf.

„Warte“, sagte er, aber Ludmilla stand schon auf der Veranda.

„Leuchte hierher.“ Sie bückte sich, er hielt das Telefon zu ihrem Fuß. Auf dem linken, kleinen Zeh war ein bisschen Blut, das Blut hatte einen Fleck auf ihrer weißen Sandale hinterlassen.

„Scheiße, die sind neu.“

„Tut es weh?"

„Mir tut nichts weh", kicherte sie und stellte die beiden Sechserträger Bier auf den Tisch. Ludmilla setzte sich und hielt den Zeh so nah wie möglich an ihr Gesicht. Im Haus tastete Milo wieder nach dem Lichtschalter, diesmal fand er ihn, aber als er ihn betätigte, tat sich nichts. Mit dem Licht des Handys fand er in einem der Küchenkästen drei Kerzen und kam damit zurück auf die Veranda. Sie untersuchte immer noch ihren Fuß.

„Und? Müssen wir amputieren?"

Ludmilla lachte. Er sah, dass sie sich ein Bier aufgemacht hatte. Milo stellte die Kerzen zusammen und zündete eine nach der anderen an. Das Meer gluckerte bei jeder dritten Welle, wenn es sich von den Steinen zurückzog.

„Warum sprichst du eigentlich so gut Deutsch?", fragte er und nahm sich selbst ein Bier. Die Dose war kühl, rutschig vom Kondenswasser, sie glitt ihm beinahe aus der Hand.

„Hab in Villach gewohnt."

„Warum?"

„Schule", sagte sie.

„Was hast du gelernt?"

„Nichts", antwortete Ludmilla, „deswegen bin ich ja wieder hier."

In diesem Augenblick begann ihr Telefon zu läuten. Sie zog es aus der winzigen Handtasche und drückte den Anrufer weg, aber das Gedudel setzte sofort wieder ein. Milos Augenbrauen wölbten sich. Er öffnete die Bierdose. Das Telefon begann ein drittes Mal zu läuten.

„Da ist aber jemand hartnäckig", sagte Milo. Sie nahm das Telefon vom Tisch, drückte den Anrufer ein letztes Mal weg und sagte wütend: „Jetzt schalte ich das Scheißding aus." Ludmilla verstaute das Handy in der Tasche und nahm einen Schluck.

„Was ist mit deiner Frau?"

„Meiner Frau?"

„So Typen wie du haben doch immer irgendwo eine Frau." Das Bier schmeckte Milo, aber jeder Alkohol hätte ihm in jenem Moment geschmeckt. Eine Weile dachte er nach, was er antworten sollte, dann sagte er: „Meine Frau ist tot."

„Oh", machte das Mädchen betroffen, „das tut mir leid."

„Muss es nicht."

„Ist es lange her?"

„Nein."

Sie ist gerade erst gestorben, dachte er, vor ein paar Stunden. In der Nacht, bevor ich dich kennen gelernt habe. Was sagst du dazu? Oder vielleicht ist sie gestorben, weil ich dich kennen gelernt habe. Vielleicht ist das irgendein magischer Trick des Universums.

„Woran ist sie gestorben?"

Während er darüber nachdachte, entglitten ihm die Gedanken. Was hatte ihn dazu bewogen, den Anzug seines Vaters zum Begräbnis seiner Eltern zu tragen? Für solche Anlässe kaufte man sich einen Anzug, man lieh sich einen oder stahl ihn, wenn es nicht anders ging. Man trug doch nicht den Anzug eines Toten zu dessen eigenem Begräbnis.

„Wer?", fragte er verwirrt.

„Na deine Frau", Ludmilla wandte ihm den Kopf zu, nachdem sie auf das Meer gestarrt hatte.

„Weiß auch nicht", antwortete Milo langsam.

„Du weißt nicht, woran sie gestorben ist?"

Ludmilla begann, sich die Sandalen auszuziehen. Als der Riemen ihren linken, angeschlagenen Zeh berührte, saugte sie Luft zwischen den Zähnen ein.

„Sie ist einfach gestorben."

„War sie alt?"

„Nein."

„Wenn man nicht alt ist, stirbt man nicht einfach so." Ludmilla klang altklug. Sie ließ die Schuhe auf den Boden fallen. Die harten Sohlen machten ein klapperndes Geräusch auf dem Beton. Milo hielt die Dose an seinen Mund und nahm einen Schluck.

Eine Weile starrten sie hinaus auf das Wasser, Ludmilla zündete eine Zigarette an.

„Hast du Kinder?"

„Nein", antwortete Milo, „aber als Mann weiß man das nie so genau."

Ludmilla stand auf und trat an den Rand der Veranda. Sie setzte den rechten Fuß auf einen der großen Steine, die vom Meer umspült wurden.

„Kinder brauchen ohnehin keinen Vater", sagte sie. Die Kontur des Mädchens versteifte sich einen Moment lang. Mit einer trotzigen Geste schnippte sie die halbgerauchte Zigarette ins Wasser.

„Komm her", sagte er, seine Stimme rau. Sie drehte sich zu

ihm um, in der Dunkelheit glitzerten ihre Augen. Sie begann zu lächeln, und plötzlich war sie da. Stand vor ihm, er hielt ihre Handgelenke und spürte den Herzschlag unter der dünnen Haut, die Knochen. Elle und Speiche, zwei Schwestern in jedem Arm.

„Ich mache so etwas normalerweise nicht", flüsterte sie, „mit Fremden mit nach Hause gehen."

„Das ist nicht mein Zuhause", antwortete er leise. Milo roch das Waschmittel, mit dem ihre Kleidung gewaschen worden war. Er ließ seine Beine auseinanderfallen, legte die Hände um ihre Oberschenkel und zog sie an sich. Sie zögerte einen Augenblick, bevor sie es zuließ. Ludmilla wuchs vor ihm aus der Nacht, ein schwarzer, weicher Schatten, er legte seinen Kopf zurück. Ihre Hände umfassten seinen Nacken, der Mund glänzte im Schein der Kerzen, ihre Augen glänzten, ihre runden Ohrringe – alles an Ludmilla glänzte. Stumm beugte sie sich über ihn, legte ihre Lippen auf seine und machte den Mund ein wenig auf. Seine Zunge drang vor, ihr Kiefer öffnete sich, er packte fester zu, und sie stöhnte leise.

Die Erektion wuchs sich rasch aus, hart und pochend. Milo zog sie hinter sich in das Haus, in das Zimmer, wo der zerwühlte Schlafsack auf der leeren Matratze lag. Sie ging vor ihm in die Knie und zog ihm unbeholfen die Hose aus. Als Ludmilla sein Glied in den Mund nahm, verwandelte sich Milo in eine rot-schwarze Wolke der Gier. Er zog Ludmilla auf das Bett, drehte sie auf den Bauch und drang in sie ein. Sie begann, kleine, spitze Schreie auszustoßen, doch die Schreie brachten ihn aus dem Takt und ließen Fetzen der

Realität in seine Lust dringen, Fetzen, die er nicht haben wollte, also drückte er ihr Gesicht zurück in die Matratze und stieß weiter zu. Er kam schnell und so heftig, dass er sich an ihr festhalten musste. Alle zehn Finger krallte er in den Rücken des Mädchens, die Augen weit aufgerissen, der Mund ein großes, schwarzes Loch in der Finsternis. Milo spürte das Leben aus sich herausschießen, er hörte einen Schrei und verstand, dass er ihn selbst ausgestoßen hatte.

Als er keuchend von Ludmilla abließ, wälzte sie sich auf die Seite, an den Rand der Matratze, und zog die Beine an. Nachdem sein Atem sich ein wenig beruhigt hatte, legte er ihr eine Hand auf den Rücken. Ihre Schultern bebten, sie entwand sich der Berührung. Ludmilla weinte.

„Was ist los?"

„Nichts."

Er spürte, dass er rot wurde. Der sonnenverbrannte Typ an der Tankstelle fiel ihm ein, und dann, ganz plötzlich, war er wütend.

„Warum heulst du dann?"

Sie rappelte sich auf und begann, den Boden nach ihren Kleidungsstücken abzusuchen. Milo setzte sich auf, die Federn der Matratze quietschten. Mit ihren Sachen in den Armen lief Ludmilla aus dem Zimmer in den dunklen Gang, er hörte, dass sie irgendwo dagegenstieß, etwas fiel herunter. Als Milo auf die Veranda kam, stieg sie eben in ihr Höschen.

„Was?", sagte er, und wieder antwortete sie: „Nichts."

Im Mondlicht sah er ihren jungen Körper, die Mulden über den Beckenknochen, den Nabel, die geschwungenen

Schlüsselbeine. Alles war straff und fest, schien gerade erst erwachsen geworden zu sein. Da waren keine Spuren von Verfall. Sie zog ihr Oberteil über den Kopf.

„Na dann", hörte Milo sich feindselig sagen.

Wind kam vom Meer. Ludmilla stieg in ihre kurzen Hosen und knöpfte sie zu, bückte sich nach den Sandalen und schnappte die Handtasche vom Tisch. Der Wind hatte die Kerzen ausgeblasen. Wortlos klemmte sie die Sandalen unter ihren Arm, ging an ihm vorbei, stieg von der Veranda und verschwand. Er hörte das Tor quietschen und dann laut zufallen.

Nackt setzte sich Milo in den Sessel, in dem sie vorher gesessen war, die Schnüre drückten ein Muster in seinen klebrigen Penis, seine Hoden und seinen Hintern. Er fühlte sich müde und leer, von seinem Rausch war nichts übrig geblieben. Milo griff nach den Zigaretten und steckte sich eine an. Während er rauchte, trank er Ludmillas Bier aus und dann sein eigenes, das da schon abgestanden und warm war.

*

Rosa sperrte die Tür auf und betrat das Haus, in dem die vielen Geheimnisse einer langen, unglücklichen Ehe nur noch von den Wänden erzählt werden konnten, von winzigen Spuren, Blut und Haut und Haaren. Sie blieb lange so stehen, wartete, bis ihre Augen sich an die Düsternis gewöhnt hatten, dann streifte sie die Schuhe von ihren Füßen, legte Handtasche und Autoschlüssel auf dem Vorzimmerschrank ab und ging, ohne Licht zu machen, in die Küche. Sie nahm Teigtaschen mit Spinat und Käse aus dem Gefrierschrank und erwärmte sie in der Pfanne, in einer anderen bereitete sie Butterbrösel zu, holte eine Frühzwiebel aus dem Garten, schnitt sie in kleine Ringe und bestreute die Teigtaschen mit den Bröseln und der Frühzwiebel. Sie goss sich ein großes Glas Saft ein, stellte Teller und Saft auf ein Tablett und brachte es ins Wohnzimmer. Heute war Mittwoch, auf einem der deutschen Sender spielte es ihre Lieblingsserie mit der klugen Kommissarin. Sie kannte die Folge schon, aber sie schaltete nicht um. Rosa ließ das dreckige Geschirr auf dem Sofatischchen stehen und schlief, da war es noch nicht einmal zehn, mit einer dünnen Wolldecke zugedeckt, auf dem Sofa ein.

*

Milo legte den rechten Arm über seine Augen. Er lauschte dem Meer, das gegen die Steine schlug – am Anfang hatte er das Gluckern bei jeder dritten Welle beruhigend gefunden, nun hielt es ihn vom Schlafen ab, weil er darauf wartete. Im Mund hatte er einen schlechten Geschmack, aber kein Wasser, um ihn hinunterzuspülen, keine Zahnbürste. Er hatte nur Bier, draußen auf der Veranda. Ihm war heiß. Milo öffnete die Augen und starrte an den fleckigen Plafond, das Dach war offenbar undicht. Seine Hände taten weh. Als sie noch im Lokal gewesen waren, hatte Ludmilla gefragt, warum seine Hände so rau wären, sie hatte gesagt, sie mochte solche Hände, das zeugte von einem Menschen, der fleißig wäre. Männer wie er wären rar, in seinen Augen könnte man sehen, dass er ein ehrlicher Kerl wäre, mit einem guten Herzen, einer, der Frauen wirklich mochte, und von denen gäbe es nur sehr wenige auf dieser Welt. Sie hatte den Schlag, den er mit diesen Händen ausgeteilt, den Toten, den er damit begraben hatte, nicht gesehen.

Milo beugte sich zur Seite und tastete den Boden nach seinem Telefon ab. Da war kein Anruf, keine Nachricht. Er öffnete seine Geldbörse und zählte die Scheine, aber nichts fehlte, Ludmilla hatte nichts gestohlen. Er hätte sich besser gefühlt, wenn es so gewesen wäre.

Milo wälzte sich auf den Rücken und rieb sich mit beiden Händen über das Gesicht, schmeckte dem Geschmack seines eigenen Schweißes nach. So schlief er ein, von einer Sekunde auf die andere, als hätte ihm jemand einen Stein über den Schädel gezogen.

*

Aus den Lautsprechern drang dudelige Musik, und schon jetzt, um neun Uhr morgens, hing eine schwüle Wärme unter dem gigantischen Plexiglasdach. Rosa schob den Einkaufswagen an Hortensien, Efeu, Orchideen vorbei, an steinernen Fröschen, Kugeln aus Ton und Säcken mit Rindenmulch, Rhododendronerde und Zierkies. Der Gartenmarkt war beinahe leer. Sie betrat eine weitere Halle. Kakteen, Mandarinen- und Orangenbäumchen, Gitterwände für Schlingpflanzen. Das Plätschern von Wasser. In der Mitte der Halle war ein kleiner Teich voller Goldfische. Sie blieb stehen und beobachtete die langsamen Bewegungen der Tiere im Wasser. Einer der Fische kam an die Wasseroberfläche und schnappte nach Luft. Der Anblick seines geöffneten Maules hatte etwas Ekelerregendes. Rosa verzog den Mund, da vernahm sie den Ruf eines Vogels. Sie sah sich um. Hinter dem Teich, am Ende der Halle, stand eine Voliere mit Papageien. Jemand rief schnarrend nach Herrn Huber. Rosa ließ den Griff des Einkaufswagens los. Sie zählte zwei weiße Kakadus mit gelben Federn auf dem Kopf, ein paar grüne Vögel mit roten Kehlen und massiven, keilförmigen Schnäbeln, einen blauen Papagei, der etwas zerrupft aussah, und einen großen, grauen mit einem weißen Gesicht, der die Krallen in den Maschen des Käfigs verhakt hatte. Sie kam näher und streckte den

Finger aus, im letzten Moment, als sie seinen Schnabel bemerkte, zog sie ihn zurück.

„Herr Huber“, sang der Graue wieder. Rosa musste lachen. Sie sah sich um, aber da war niemand.

„Hallo“, sagte sie zu dem Vogel.

„Hallo“, wiederholte der Papagei, dann wandte er sich ab und kletterte auf den nächsten Ast, wo er begann, sich die Federn unter den Flügeln zu richten. Über den Lautsprecher wurde jemand ausgerufen. Als Rosa begriff, wie der Vogel sprechen gelernt hatte, begann sie zu lächeln.

Die Auswahl überforderte sie. Es gab Vogelbäder aus Plastik und aus Stein, Vogelbäder, die man auf den Boden legte, andere, die einen Fuß hatten, es gab solche, die man aufhängen, und solche, die man an einen Schlauch anschließen konnte. Es gab ein Bad, in das ein steinerner Putto pinkelte, und eines mit einer Frau in einer Toga, die aus einer Amphore Wasser in das Becken goss, versteinert, für alle Zeit. Rosa trat an das Vogelbad mit der Frau. Das Plätschern des Wassers aus der Amphore klang beruhigend. Sie griff nach dem Preisschild, das an einer Schnur am Handgelenk der Steinfigur hing. 499 Euro. Rosas Herzschlag beschleunigte sich. Sie spürte Röte in ihre Wangen kriechen und sah sich um. Irgendwo erklang das getaktete Zischen eines Rasensprengers, sonst war es still, bis jemand, den sie nicht sehen konnte, begann, eine Melodie zu summen. Der Jemand stand hinter den kleinwüchsigen Gartenhecken, die in Kübeln auf Käufer warteten. Sie schloss die Augen und atmete den Geruch von satter, nasser Erde, von Tausenden Pflanzen ein, modrig, süßlich, den Duft von Rosen. Sie hörte den Papagei rufen und öffnete die Augen. Der Jemand stand jetzt bei den jungen Obstbäumen, er trug einen Hut, eine grüne Schürze mit dem Logo des Ladens, und goss die Pflanzen. Er sah aus, als hätte er Freude an seiner Arbeit.

„Entschuldigen Sie", sagte Rosa. Der Mann sah verträumt auf, als sie ihn aus seinen Gedanken riss.

Sie saß auf der Hintertreppe, hielt die Kaffeetasse an ihre Lippen und nahm einen Schluck. Es war zu heiß in der Sonne, aber Rosa blieb sitzen. Die Frau goss Wasser aus der Amphore in das Becken. Ihr starres Gesicht hielt sie leicht geneigt, der Mund nur angedeutet, kleine Lippen, ein wenig aufgefallen wie eine Blüte, die sich im ersten Licht des Tages öffnet. Die Augen gerundete, leere Flächen, die Haare hochgesteckt, links und rechts der Schläfen Locken. Sie hielt die Amphore graziös, als wäre sie ganz leicht, dabei lief unentwegt Wasser aus ihr. Die steinerne Frau wurde nicht müde. Die Elemente, das hatte der Mann im Gartenmarkt versichert, würden ihr nichts anhaben können. Das Plätschern des Wassers vermischte sich mit dem Rauschen des Flusses auf der anderen Seite der Hecke.

Rosa wartete auf die ersten Vögel.

*

Das Zimmer stank nach alter Kleidung, Schweiß und Körpersekreten, es war heiß. Milo fand seine Unterhose, er wankte durch den Gang in die Küche und riss die Tür zur Veranda auf. Das Wachs der Kerzen war über den Tisch gelaufen, der Wind hatte die leeren Bierdosen umgeworfen. Er zog eine volle, warme Dose aus der aufgerissenen Plastikhülle und öffnete sie, als er die Bierdose wieder absetzte, war sie halb leer. Mit der Faust klopfte er sich auf die Brust und stieß auf.

Vorsichtig stieg Milo über die Steine in das Wasser.

Er schwamm weit hinaus, dann drehte er sich um und ließ sich treiben. Die Wellen trugen seinen geschundenen Körper mit einer wohltuenden Gleichgültigkeit. Mit den Ohren unter Wasser und geschlossenen Augen lauschte Milo den Steinen, die durch die Strömung am Grund aneinandergeschlagen wurden, ein fernes, sphärisches Knistern. In das Knistern schraubte sich ein dumpfes Dröhnen. Milo hob den Kopf. Der Schiffsmotor klang viel näher, als er das unter Wasser getan hatte. Wütende Schreie, eine plötzliche Sonnenfinsternis, der Bug eines Bootes fuhr knapp an seinem Kopf vorbei. Die raue Außenseite streifte schmerzhaft seine Schulter, eine hohe Welle hob Milo an. Im Boot saßen zwei junge Männer, beide sahen erschrocken und zornig aus. Der, der das Boot steuerte, wischte mit der Hand vor seiner Stirn herum, um Milo zu bedeuten, wie bescheuert er wäre. Milo spuckte Wasser aus, und als er sich entschuldigte, tat er es auf Slowenisch, ohne dass es ihm bewusst war.

Er schwamm zurück, seine Schulter tat weh und brannte im Salzwasser. Die Strecke zum Ufer erschien ihm plötzlich sehr weit, und Milo bekam Angst, die sich kurzfristig zu Panik auswuchs, als er dachte, die Kraft würde ihn verlassen.

Keuchend kroch Milo über die Steine zurück an Land. Die Unterhose klebte nass an seinem Hintern, Tropfen lösten sich in rascher Abfolge und bahnten sich einen Weg seine Beine hinab, sie kitzelten. Milo schob die Unterhose über Hüften und Beine und ließ sie zu Boden fallen. Nackt drehte er sich zum Meer um. Er betrachtete seine aufgeschürfte Schulter, sie blutete, aber nicht stark, ein blauer Fleck hatte sich gebildet. Milo, der kein Handtuch hatte, setzte sich auf den Beton der Veranda und ließ sich von der Sonne trocknen, während er eine Zigarette rauchte und darauf wartete, dass sich sein Herzschlag beruhigte.

Er begriff erst viel später, wie knapp er einer Katastrophe entgangen war.

*

Das Telefon läutete erneut. Rosa stand von der Küchenbank auf und sah nach, ob es wieder die Mutter war. Sie hatte es bis jetzt sieben Mal probiert und zwei SMS geschrieben. Bei Günther hatte Rosa abgehoben, er hatte gesagt, dass die Ergebnisse der Spurensicherung am Abend da sein würden. Milo hatte nicht angerufen. Rosa legte das Telefon auf den Tisch und steckte sich die Zeigefinger beider Hände in die Ohren wie ein kleines Kind. Sie tat das, bis das Display erlosch, bis sie das dumpfe Rauschen ihres Herzschlages nicht mehr aushielt, dann nahm sie die Finger wieder aus den Ohren und aß das Käsebrot fertig.

Um fünf am Nachmittag hatte die Mutter 18 Mal versucht, sie zu erreichen. Milo hatte es immer noch nicht probiert. Warum auch, dachte Rosa. Wenn sie an ihn dachte, machte sich in ihrem Inneren ein großes, brennendes Loch auf, dort, wo einst die Sonne gewohnt hatte. Auf das Loch schüttete die steinerne Frau Wasser.

Als die Mutter zum 19. Mal anrief, nahm Rosa das Telefon, ging damit hinaus in den Garten und ließ es langsam in das Vogelbad gleiten. Selbst unter Wasser läutete es noch einige Male. Luftblasen stiegen auf und begannen, sich auf dem Strudel, den das aus der Amphore fallende Wasser verursachte, im Kreis zu drehen.

*

Die Kellnerin war nicht mehr so freundlich wie am Vorabend. Milo bestellte Bier und Toast, beides brachte sie innerhalb kurzer Zeit. Sie verharrte einen Augenblick, die Finger auf der Lehne des freien Stuhls abgelegt, so, als wollte sie noch etwas sagen. Milo sah auf den Teller. Diesmal war da kein lächelndes Ketchupgesicht. Er griff nach dem Toast, heißer Käse blieb an seinen Fingern kleben, also ließ er ihn wieder fallen.

„Wollen Sie Ketchup?“, fragte die Kellnerin. Er schüttelte den Kopf und lehnte sich zurück. Der Korbstuhl knarzte. Jemand rief nach der Rechnung, sie zuckte die Schultern und ging.

Am frühen Nachmittag kam ein starker Wind auf, der an den Sonnenschirmen zerrte und sie zum Schwanken brachte, er nahm die Polster der Kaffeehausstühle auf kurze Reisen mit. Die Schiffe im Hafen schlugen mit einem hohlen Gepolter aneinander, irgendwo kreischten Kinder, zuerst vor Vergnügen, dann aus Furcht oder Schmerz.

Milo bezahlte und setzte sich hinter das Steuer seines Autos. Er war verkatert und betrunken, unsicher, was von beidem überwog. Eine Weile fuhr er in der Gegend herum, bis zu den Salzfeldern, bis zu dieser unsichtbaren Linie im Land, hinter der ein anderes begann und für die sein Bruder gestorben war. In wenigen Jahren würden sie auch an dieser

Grenze keine Pässe mehr kontrollieren. In Kroatien sah das Meer genauso aus wie hier. Die Landschaft auch. Sogar die Sprache war beinahe gleich.

Er hatte Rosa erst spät von Luca erzählt, an einem dieser eiskalten Dezembernachmittage, an denen es schon um vier Uhr nachmittags dunkel war. Sie waren in seinem Auto gesessen, mit Abstand zwischen sich, weil sie über etwas geredet hatten, das keine Nähe zuließ.

„Mein Bruder ist im Krieg gefallen", hatte Milo unvermittelt zu Rosa gesagt, und sie, erstaunt über den Wechsel des Themas, hatte gefragt, in welchem Krieg das gewesen wäre und warum er gerade jetzt daran dächte. Die Bäume im Winter würden ihn an Luca erinnern, hatte er geantwortet, sie wären in einem großen Wald aufgewachsen, behütet, so weit weg von der Welt.

Milo griff nach dem Zündschlüssel, er startete und wendete, dann fuhr er zurück nach Izola.

Als Günther anrief, saß Milo an einem Holztresen unter einem Strohdach auf der Strandpromenade von Izola. Es war kurz nach sechs Uhr nachmittags, der Wind hatte sich gelegt, oder vielleicht hatte er auf dieser Seite der Halbinsel auch nie geweht. Um Milo herum waren viele Menschen, Musik wummerte aus einem Lautsprecher direkt über ihm. Das Läuten des Telefons ließ etwas in Milo reißen. Das Reißen fühlte sich gleichzeitig erleichternd und entsetzlich an, er überlegte mit dem Telefon in beiden Händen, ob er rangehen sollte, und schließlich, als es schon beinahe zu spät war, nahm er das Gespräch an. Das Bier und die Schnäpse hatten die Welt zu einem Traumkarussell gemacht, in die Farben eines Sonnenunterganges gekleidet. Hier war nichts mehr real und alles möglich, es war leicht, die Vergangenheit als eine absurde Konstruktion zu begreifen, sie existierte genauso wenig wie die Zukunft, und wenn es weder das eine noch das andere gab, konnte nichts geschehen. Milo sagte wenig bei diesem Gespräch, die Worte kamen verschliffen aus seinem Mund, Steine, die auszuspucken ihm Zunge und Zähne schwer machten. Günther blieb höflich und distanziert, er stellte keine Fragen, außer der nach Milos Aufenthaltsort, und Milo antwortete wahrheitsgemäß, wo die Behörden ihn finden würden.

Milo bestellte noch etwas zu trinken. Er drehte sich nach dem Sonnenuntergang um, das Licht über dem Wasser war weich und gefärbt, es sah aus, als könnte man es angreifen. Er spürte nichts. Licht war Farbe, und Farbe war Wahrnehmung. Wahrnehmung war Illusion.

*

Rosa schrieb Milos Namen in die erste Zeile, dann setzte sie einen Beistrich dahinter, starrte auf das leere Blatt und dachte nach. Sie hatte zu lange nicht mehr geschrieben. Rosa riss das Blatt vom Block und knüllte es zusammen. Worte würden an ihrer Situation nichts ändern. Einige Vögel saßen am Rand der Tränke. Anmutig nahmen sie von dem Wasser, legten ihre Köpfe in den Nacken und schluckten. Einer landete auf dem Arm der Frau. Rosa entfaltete das Blatt noch einmal, strich es glatt, sah auf das Wort, das Komma, dann stand sie auf und brachte es zum Abwaschbecken. Aus der Besteckladе zog Rosa eine Packung Streichhölzer, sie zündete eines an und hielt es an das Blatt. Die Flamme war beinahe unsichtbar, aber Rosa spürte die Hitze. Sie ließ das Blatt in das Abwaschbecken fallen, es wurde grau, die Buchstaben wurden zu unleserlichen Abdrücken, sie verschwanden, das Papier rollte sich zusammen und zerfiel zu Asche. Sie drehte den Hahn auf, und der Strahl ließ Teile der Asche aus dem Becken wirbeln, den Rest nahm das Wasser in den Abfluss mit.

Alles, was blieb, war ein kaum wahrnehmbarer Geruch von Feuer.

Es war kurz nach acht, als es an der Tür klopfte. Rosa hatte das Klopfen nicht gehört, weil sie im Garten gewesen war, erst, als die Klingel betätigt wurde, hob sie den Kopf. Es klingelte noch einmal, kurz und mahnend, und Rosa setzte sich in Bewegung.

Günther trug keine Uniform, sondern Jeans und T-Shirt. Er hatte die Hände in den Hosentaschen, und als Rosa sein Gesicht sah, wusste sie, dass er es wusste. Sie trat zur Seite und bat ihn herein.

„Bist du zu Fuß da?"

„Mit dem Rad", sagte Günther. Rosa schloss die Tür hinter ihm.

„Möchtest du etwas trinken?", fragte sie, in der Düsternis des Vorraumes konnte sie seinen Gesichtsausdruck nicht deuten. Günther nickte. Sie bot ihm Bier an, aber er verlangte etwas Stärkeres. Günther folgte Rosa ins Wohnzimmer, sie öffnete die Schrankwand, in der Hans seine Spirituosen aufbewahrt hatte.

„Such dir etwas aus."

Günther hatte die Hände immer noch in den Hosentaschen, er starrte in den Schrank, sie sah, dass er sich nicht entschließen konnte. Schließlich griff er nach einem Whiskey.

„Trinkst du einen mit mir?", fragte er leise.

Rosa presste die Lippen aufeinander, dann nickte sie. Schweigend gingen sie hintereinander in die Küche, wo Rosa zwei Gläser aus dem Küchenschrank holte. Sie öffnete die Tür zu den Tiefkühlladen und holte eine Silikonform mit Eiswürfeln heraus. Rosa drückte die Eiswürfel in die Gläser, das Klimpern das einzige Geräusch in dem leeren, zu großen Haus.

„Was ist mit deinem Handy?“, fragte Günther, als sie den Verschluss von der Flasche drehte.

„Kaputt.“ Rosa ließ langsam die gold-braune Flüssigkeit über das Eis laufen. Das Eis knackte. Sie nahm die Gläser und drehte sich zu Günther um. Einen Augenblick lang verharrten sie so, sie sah in die Augen des Jungen, der Günther vor so vielen Jahren gewesen war, der Junge, der ihr im Wald gegenübergestanden war, mit einem Stock in der Hand und Schorf auf den Knien, der gesagt hatte, er würde sie immer beschützen. Das Versprechen eines Kindes, das später Polizist geworden war. Er trat einen Schritt vor und nahm Rosa das Glas aus der Hand.

„Lass uns in den Garten gehen“, sagte sie.

Sie hatte ihn gehört, als er nach Hause gekommen war. Schwere, schlurfende Schritte, auf der Treppe war Hans gestolpert, aber sie hatte schon vorher gewusst, dass er betrunken sein würde. Er war langsam nach oben gekommen, hatte sich Zeit gelassen. Rosa war mit zugekniffenen Augen auf der Seite gelegen. Er hatte die Tür aufgestoßen und Licht gemacht, wortlos, und plötzlich war er über ihr gewesen, hatte sie vom Bett gestoßen und fest am Arm gepackt, um sie wieder hochzuziehen. Er hatte nach Schnaps und Rauch gerochen, aber auch irgendwie frisch, kühl, sein aufgeknöpftes Hemd war feucht gewesen.

„Nicht heute“, hatte sie geflüstert, „nicht.“

„Du Hure“, war seine Antwort gewesen, und Rosa hatte sofort begriffen. Er hatte sie über das Bett geschubst, bei ihrem Versuch, davonzukriechen, hatte er sie an den Knöcheln gepackt und wieder zu sich gezogen. Sogar in diesen Zuständen war seine Kraft so übergroß gewesen. Wenig hatte Rosa mehr gelehrt als der Umstand, wie wehrlos sie als Frau auch gegen einen derart betrunkenen Mann war. Er hatte ihre Beine auseinandergedrückt und mit der flachen Hand nach ihrer nackten Haut geschlagen, der brennende Schmerz hatte Tränen in ihre Augen getrieben. Sie hatte mit den Beinen gestrampelt und sich befreit, die Lampe war dabei zu Bruch gegangen. Auf allen vieren war Rosa auf die andere Seite vom Bett und hatte sich aufgerappelt, er war auf sie zugekommen, mit rudernden Bewegungen hatte er das Fensterbrett leer geräumt, wobei der Blumentopf zerbrochen war. Rosa war aus dem Schlafzimmer in den Gang zurückgewichen, die Arme zur Beschwichtigung gehoben.

„Was mach ich mit so einer?“, hatte Hans gefragt, und an dieser Stelle hatte Rosa begonnen, zu weinen.

„Bitte“, hatte sie gesagt, obwohl sie gewusst hatte, dass Betteln nicht half. Er war ihr nachgekommen, viel zu schnell, und mit einem Aufschrei war Rosa ins Bad geflohen und hatte abgesperrt.

Schweigend nahmen Günther und Rosa einen Schluck. Die Hintertreppe war schmal. Wenn sich einer der beiden bewegte, dann berührte er den anderen, Rosa saß auf einer Stufe unter Günther. Milo war damals neben ihr gesessen. Ein Spatz landete auf dem Kopf der steinernen Frau.

„Ist das neu?“

„Hab ich heute gekauft."

„Hans hat also tatsächlich auf die Vögel geschossen?"

Die Vergangenheitsform. Rosa ließ sich zwei Herzschläge lang Zeit, dann nickte sie und tat es ihm gleich: „Ja, hat er."

„Jemand hat vergangene Woche deswegen bei uns angerufen."

Sie antwortete nicht. Günther trank, sie hörte das Eis gegen das Glas schlagen.

„Die Ergebnisse sind da", sagte er schließlich leise.

Rosa drehte das Glas in ihren Händen, ohne den Blick vom Vogelbad zu nehmen.

„Fingerabdrücke von dir, von Hans. Das Übliche. Das Blut", sagte er und nahm noch einen Schluck, „lässt sich nicht mehr zuordnen. Du warst sehr gründlich. Die Bleiche hat alles zerstört."

Über ihnen begann ein leises Dröhnen, es wurde lauter, und Rosa sah nach oben. Ein gelber Rettungshubschrauber flog über Hinterbach, von Süd nach Nord, Richtung Tschechien. Rosa schluckte, dann schluckte sie noch einmal. Sie spürte die Wirkung des Alkohols, aber statt Rosa zu betäuben, ließ er sie die Welt überscharf wahrnehmen. Gänsehaut, ein Rasenmäher, eine Meise landete auf der Umrandung des Vogelbades, ein verwirrter Schmetterling taumelte an den Thujen entlang und blieb an einem Spinnennetz hängen, Tausend Empfindungen in einer, Günther spannte einen Muskel in seiner Wade an, er bewegte den Arm, „Schatzi!", rief die Nachbarin von nebenan, der Fluss rauschte, ein Auto hupte, sie hörte die Schritte eines Joggers, dann sah sie ihn an ihrer Gartentür vorbeilaufen.

Sie war entsetzt gewesen, wie schnell die Tür des Badezimmers nachgegeben hatte, das Knacken des Holzes mit jedem Tritt lauter. Er hatte kein Wort dabei gesagt, aber sein Schnaufen hatte den kleinen Raum erfüllt, hatte jegliche Gedanken aus Rosas Kopf getrieben. Als die Klinke nachgab, hatte er sie mit einem festen Ruck aus der Tür gerissen und sich anschließend mit der Schulter dagegen geworfen, bis der Riegel aus dem Schloss gerutscht und Hans ins Bad gekommen war. Wortlos hatte er ausgeholt und ihr mit aller Kraft ins Gesicht geschlagen, bei ihrem Versuch, auszuweichen, war sie zwar der vollen Wucht des Schlages entkommen, aber nach hinten in die Badewanne gefallen. Hans hatte sie am Nachthemd wieder hochgezogen, das dabei zerrissen war, und dann waren sie einander gegenübergestanden, eine plötzliche Ruhe zwischen ihnen, nur erfüllt von Atemstößen. Rosa nackt und aus der Nase blutend, der Schmerz, der von ihrem Hinterkopf ausgegangen war, hatte beinahe einen Brechreiz ausgelöst. Hans hatte an ihr hochgesehen, der Blick fahrig, und was Rosa in seinem Gesicht erkannte, hatte sie endlich den Mund öffnen lassen.

„Du wirst mich nicht verlassen", hatte sie mit zitternder Stimme gesagt.

Und als Antwort hatte Hans tatsächlich gelacht. Die Schere war auf der Waschmaschine gelegen, weil sie Etiketten von Handtüchern geschnitten hatte, Etiketten, die Hans kratzten, wenn er sich abtrocknete. Was hatte sie nicht alles für ihn getan.

„Du dumme Kuh“, hatte er gesagt, „du dummes, dummes Weib.“

Rosa hatte nach der Schere gegriffen. Ihre Hand war vorgefahren, es hatte kaum Kraft gebraucht, die Spitze durch Haut und Fett zu treiben und noch tiefer, in die Muskeln, in sein Bauchfell, in den Darm.

Rosa trank aus. Günther ließ die beinahe geschmolzenen Eiswürfel rotieren, dann hörte er damit auf. Sie nahm eine Bewegung am rechten Rand des Gartens wahr, da schlich etwas unter der Hecke durch. Der Himmel war in ein tiefes Orange getaucht. Unter den Thujen tauchte der Kopf einer rot-weißen Katze auf. Rosas Atem floss wie das Meer, er kam in sie, zog sich zurück, Tausend Moleküle, die Sekunde um Sekunde ihren Körper durchdrangen, ihr das Leben ermöglichten. Die Katze schlich sich an das Vogelbad heran, lautlos. Als sie die beiden Menschen auf der Treppe wahrnahm, hielt sie in ihren Bewegungen inne, die Ohren bewegten sich. Noch hatten die Vögel nichts von der nahenden Bedrohung wahrgenommen. Einer plusterte sich auf, er schüttelte sich, Wassertropfen durchsiebten die Luft.

Sie mussten in jenem Moment sehr ähnlich empfunden haben, dazwischen nur atemlose Ungläubigkeit, eine Sekunde, eine zweite, Rosa hatte den Griff der Schere losgelassen, als wäre er brennend heiß, hatte versucht, zurückzuweichen, und es war diese Bewegung gewesen, die den Bann gebrochen hatte. Sie hatte so fest zugestoßen, dass die Schere in seinem Bauch steckengeblieben war. Gelacht hatte Hans nicht mehr. Er hatte sie an den Haaren gepackt, aus dem Bad gezogen, und dann war die Galerie auf Rosa zugekommen, die Erkenntnis, dass er sie darüber werfen würde. Aber sie hatte sich befreit, wie, das wusste sie nicht, zwei, drei Schritte, mehr konnten es nicht gewesen sein, eine Pirouette, und plötzlich waren sie anders herum gestanden: er mit dem Rücken zum Treppenabsatz und sie vor ihm. In Hans' Atem hatte sich ein hohes Pfeifen geschlichen.

„Ich will dich nie wieder sehen", hatte er gesagt, das Sprechen hatte ihm sichtlich Schwierigkeiten bereitet, „verschwinde aus meinem Haus."

Sein Haus. Beinahe 20 Jahre hatte sie alles mit ihm geteilt, ihre Jugend, ihren Körper, ihre Zeit. Nur ihre Wut, die hatte sie nie mit ihm geteilt. Rosa war vorgesprungen, mit den Händen voran, das Klatschen ihrer Handflächen auf seiner Brust leise, aber fest. Sie hatte ihre Hände gerade rechtzeitig zurückgezogen, damit er sie nicht in seinem Sturz mitnahm. Mit einem Poltern war Hans um die Ecke der Treppe gefallen, wie in Zeitlupe, aber in Wirklichkeit war das alles so schnell gegangen, bis zu diesem entsetzlichen Geräusch von brechenden Knochen, die der Last seines schweren Körpers nicht standhielten.

Der Blick der Katze glitt an dem Vogelbad hoch, sie sprang. Mit allen vier Pfoten landete sie im Wasser des

Beckens. Es platschte, die Vögel stoben auf, und die Katze, überrascht und erschrocken, ergriff die Flucht. Sie schüttelte sich, dann hörten Rosa und Günther das eilige Rascheln in der Thujenhecke, als das Tier sich darunter hindurchschob.

„Warum hast du nichts gesagt? Jeder hätte es verstanden", sagte Günther leise.

Ich habe Hans wirklich geliebt, wollte Rosa zu ihrem Freund sagen, ich habe ihn gehasst. Durch Milo lernte ich zu lieben, wie Hans mich gehasst hat, und so hat mein Mann mich zurückgeliebt, mit allem, was er hatte. Milo wusste nicht, was er mir schenkte, ich wusste es selbst lange nicht. Es ging nur so, mit Hans ging es nur zu dritt. Verstehst du das? Kann man das verstehen? Glaubst du, Milo würde mir verzeihen, wenn er das wüsste?

Stattdessen schwieg sie. Rosa ließ die letzten Reste der Eiswürfel in ihren Mund gleiten und begann, sie zu zerkauen.

„Was wirst du jetzt tun?", fragte sie.

Es war still im Garten, das einzige Geräusch das Plätschern des Wassers aus der Amphore und das Gurgeln des Flusses auf der anderen Seite der Hecke.

„Weiß ich nicht", antwortete Günther leise, „soviel ich eben kann."

Reglos saß Rosa auf der Treppe, bis Günther ihr auffordernd sein leeres Glas über die Schulter hielt.

Als Rosa zurückkam, umfing Günther seine Knie mit den Armen und betrachtete die Vögel, die im letzten Licht des Abends badeten, als gäbe es keine Katzen auf dieser Welt.

„Das ist ihr Tod", sagte Günther, als er die Tür hörte, er

nickte zum Vogelbad. Rosa reichte ihm sein Glas.

„Die werden schon lernen."

Sie nahmen beide einen Schluck, dann fragte Rosa leise: „Weißt du, wo Milo ist?"

„Am Meer. In Slowenien. Der Ort heißt Lucija."

Als Rosa nach oben sah, blinkte der erste Stern am Himmel.

*

Rosa packte eine kleine Tasche. Nachdem sie sich ein letztes Mal umgesehen hatte, löschte sie das Licht im Schlafzimmer und zog die Tür hinter sich zu. Im Dunklen stieg sie langsam die Treppe hinunter. Sie versperrte die Hintertür und ließ den Schlüssel stecken. Ihre Finger griffen nach der orangefarbenen Signalweste, die an der Tür hing, sie ließ sie darübergleiten und befühlte das raschelnde Material. Rosa verließ das Haus durch die Vordertür. Es war spät, in keinem der anderen Häuser brannte noch Licht. Der Mond war untergegangen, alle schliefen. Einen Augenblick lang blieb sie auf dem Gehsteig stehen und erlaubte sich den Anblick der unzählbaren Sterne.

Als Rosa die Grenze erreichte, begann im Osten der Morgen zu dämmern. Sie musste zweimal halten, um auf der Karte nach dem nächsten Etappenziel zu sehen, trotzdem verfuhr sie sich bei Ljubljana, was Rosa beinahe eine Stunde kostete. Sie erreichte das Ende der Autobahn und fuhr auf die Bundesstraße Richtung Koper. Die Sonne stand noch nicht hoch, aber sie versprach einen heißen Tag. Rosa ließ das Fenster herunter. Grillen zirpten, es roch fremd, das Land glühte. Zwischen den scharfkantigen Felsen wuchsen kleine, verdrehte Bäume mit winzigen Blättern. Über allem war Licht.

Die Tankstelle hatte zwei Zapfsäulen, eine war rosa, die andere grün. Rosa stieg aus und sah sich um. Sie öffnete den Tankdeckel, steckte den Zapfrüssel in die Öffnung und betätigte den Griff. Langsam setzten sich die Ziffern auf der Anzeige in Bewegung, begleitet von einem lauten Brummen. Sie tankte voll und ging auf die Glastür zu, aber als Rosa sie öffnen wollte, lief sie gegen das Glas. Die Tür war abgesperrt. Einen Moment lang blickte sie verständnislos auf die Tür, dann legte sie beide Hände an die Scheibe und sah hindurch, aber der Platz hinter der alten Kassa war leer.

Im Schatten hinter der Tankstelle saß ein Mädchen auf einem Stuhl, es trank Cola aus der Dose und rauchte, den konzentrierten Blick auf die bunten Seiten eines Klatschmagazins gerichtet. Auf einem länglichen Tisch neben dem Mädchen standen Käfige, in denen zu Rosas Erstaunen Marder saßen. Der letzte der Käfige war bis auf ein Behältnis mit grünlichem Wasser leer.

Ludmilla sah überrascht auf, als Rosa in den Schatten neben den Tisch trat, und Rosa stellte fest, dass das Mädchen jünger sein musste, als es zuerst ausgesehen hatte, vielleicht 18 oder 19.

„Sind das wirklich Marder?", fragte sie, „Ich liebe Marder."

„Frettchen", korrigierte das Mädchen. Rosa beugte sich vor, um in den ersten Käfig zu blicken. Da waren Stofffetzen und eine Brotkrume. Das Tier hatte sich zusammengerollt.

„Wollen Sie tanken? Die Pumpen machen in letzter Zeit Schwierigkeiten."

„Hat aber funktioniert. Zahle ich bei dir?"

„Ja“, das Mädchen unterdrückte ein Gähnen, „Tschuldigung“, sagte es und lachte.

„Eigentlich wollte ich fragen“, begann Rosa, „ich suche einen Mann. Er fährt ein großes, schwarzes Auto mit einer überdachten Ladefläche. Österreichisches Kennzeichen. Hast du ihn vielleicht gesehen?“

Das Mädchen erhob sich langsam. Etwas in seinem Gesicht hatte sich verändert, plötzlich waren da sehr erwachsene, ernste Züge. Es hängte die Finger der rechten Hand in die Maschen des Käfigs, winkelte das Knie ab und legte den Fuß auf die Sitzfläche des Stuhls. Es trug keine Schuhe, die Sohle des Fußes war schwarz.

„Sind Sie seine Frau?“

Das Mädchen drückte die Zigarette in den übervollen Aschenbecher und stellte den Fuß wieder auf den Boden. Rosa bemerkte eine blutige Schramme am kleinen Zeh. Sie sah an dem Mädchen hoch, bemerkte seine langen Beine und seine Hüften. Es trug ein goldenes Armband mit Anhängern, die leise klimperten, wenn es sich bewegte.

„Weißt du, wo ich ihn finde?“

Das Mädchen hatte Rosa bis jetzt nicht angesehen, immer noch starrte es auf das Tier im Käfig.

„Das ist Ms. Spoon“, sagte Ludmilla und nickte zum Käfig. Rosa sah zu dem Frettchen.

„Und das ist Bimbo.“ Das Mädchen ging um Rosa herum, „aber passen Sie auf, der beißt. Die da heißt Jeannette.“

Jeannette, die im dritten Käfig saß, hatte rotes Fell. Mit interessierten Augen betrachtete sie Rosa und das Mädchen.

Ludmilla verlagerte das Gewicht.

„Wo hast du sie her?", fragte Rosa.

„Gefangen." Das Mädchen öffnete den ersten Käfig und holte das Frettchen heraus. Das Tier hing wehrlos in Ludmillas Händen, es hechelte.

„Sie sind wild?"

„Nein", Ludmilla fuhr Ms. Spoon über den Kopf, „sie sind nicht wild. Wenn sie wild sein wollten, würden sie sich nicht fangen lassen. Sie wollen hier leben, bei mir."

Rosa sah sich um. Das Land hinter der Tankstelle war karg, Steine und harte Gräser, die aussahen, als kämen sie mit sehr wenig Wasser aus. Dazwischen Müll, Aludosen, die in der Sonne glänzten, eine Radkappe.

„Woher weißt du, dass sie nicht krank sind?"

„Ich bin nicht krank", sagte das Mädchen und nickte zu seinen Unterarmen, „und sie kratzen mich ständig."

Die bloßen Füße, das Make-up, die zerkratzten Arme eines Kindes, die Brüste einer Erwachsenen – noch nie hatte Rosa über dieses Dazwischen nachgedacht, das jede Frau für ein paar Jahre ihres Lebens zu einem gefährdeten Hybrid machte.

„Wollen Sie?", fragte das Mädchen. Rosa nickte und streckte ihre Hände aus. Das Tier sah struppig aus, aber es fühlte sich nicht so an. Der Pelz war sehr weich und warm. Rosa spürte die feinen Knochen unter der Haut, den hektischen Herzschlag hinter den Rippen. Sie beugte sich ein wenig nach vor und roch an dem Fell des Tieres.

„Es riecht seltsam", sagte Rosa.

„Man gewöhnt sich daran", antwortete das Mädchen.

Eine Zeit lang schwiegen sie. Rosa ließ ihre Hand wieder und wieder über das Fell des Frettchens gleiten, eine angenehme, beruhigende Berührung.

„Er hat gesagt, Sie wären tot."

Rosas Hand hielt einen Moment lang inne, dann führte sie die streichelnde Bewegung über den Rücken des Tieres zu Ende. Das Mädchen nahm Rosa das Tier aus den Händen und tat es zurück in den Käfig. Mit einer geübten Bewegung schob das Mädchen den Verschluss vor.

„Und was war da drin?", fragte Rosa, um Zeit zu gewinnen, sie deutete auf den leeren Käfig.

„Eine Schildkröte." Das Mädchen zog eine angeekelte Grimasse. „Jeannette hat sie gestern umgebracht. Hat sie zwischen den Gitterstäben hindurch aus dem Panzer gekratzt."

Rosa betrachtete den Käfig mit dem Zeitungsblatt. Da waren dunkle Flecken, wahrscheinlich vom Blut des Reptils. Tote Fliegen trieben auf der Oberfläche des grünlichen Wassers. Mit jedem Herzschlag hatte Rosa mehr Gewissheit.

„Hat Milo sonst noch etwas gesagt?"

Ludmilla schüttelte den Kopf. Sie öffnete den Mund, als wollte sie noch etwas sagen, dann schloss sie ihn wieder. Rosa wollte es dem Mädchen gleichtun und ihre Finger ebenfalls in die Maschen hängen, sie wollte sich an irgendetwas festhalten, aber stattdessen riss Rosa ihren Blick vom leeren Käfig los und sah Ludmilla in die Augen. Sie brauchte das Mädchen nicht zu fragen, um es zu wissen. Männer wollten doch immer besitzen, erobern, haben, vor allem die rätselhaften, schönen Dinge, und sie wollten es mit derselben Irrationalität, mit der sie Dinge, die sie nicht verstanden, zu zerstören suchten.

*

Sie saß am Rand der Veranda auf einem der Stühle und hatte die Hosenbeine aufgekrempelt, die angezogenen Knie hielt sie lose mit den Armen umfasst. Ihr blaues Hemd hing über der Lehne des Stuhls, sie trug ein weißes T-Shirt und blickte auf das Meer hinaus. Die lose zu einem Knoten zusammengefassten Haare zitterten im Wind. Als Milo Rosa erkannte, breitete sich ein dichter Schmerz in seinen Knochen aus, der rasch an Intensität gewann. Der Schmerz wollte nicht enden. Eine Möwe flog kreischend durch Milos Sichtfeld, und Rosa drehte den Kopf nach ihr. Lange stand er reglos in der Küche, unfähig, zu ihr nach draußen zu gehen.

Nachdem er die Tür geöffnet hatte, drehte Rosa sich langsam in dem unbequemen Stuhl um. Eine Zeit lang betrachteten sie einander, ohne zu sprechen.

„Du siehst müde aus“, sagte Rosa schließlich. Milo blickte auf das Meer, er kniff die Augen zusammen, weil ihn das Licht blendete. Mit verschränkten Armen lehnte er sich mit der Schulter gegen den Türrahmen. Er sah auf den Boden vor sich, auf seine nackten Zehen und dann zur Seite.

„Was willst du hier?“

Ihr Blick blieb an seiner zerschrammten Schulter hängen.

„Wo hast du dich verletzt?“, fragte Rosa. Er seufzte, dann schüttelte Milo den Kopf. Er sah alt aus, fremd, als hätten sie einander nicht erst vor einigen Tagen das letzte Mal gesehen, sondern vor Jahrzehnten. Rosa legte eine Hand auf ihr Herz, wie um es zu beruhigen.

„Wie hast du mich gefunden?“, fragte er.

Rosa zögerte. Ein Motorboot arbeitete sich über das Wasser, es zog einen großen Schirm hinter sich her, unter dem Schirm hingen zwei Menschen.

„Ich habe an der Tankstelle gefragt. Ludmilla hat mir gesagt, wo ich dich finden würde.“

Milo lachte bitter. Nach einer langen Pause sagte er: „Das geht dich nichts mehr an.“

Eine Welle, eine zweite, dann das Gluckern.

„Nein“, antwortete sie, „da hast du recht.“

Rosa nahm die Arme von ihren Knien und stellte die bloßen Füße auf den Boden, langsam stand sie auf. Mit einer Hand schirmte sie ihre Augen ab und sah hinaus auf das Meer. Milo roch ihren Geruch, so vertraut war er ihm geworden. Wie hatte er jemals gedacht, er könnte ihn vergessen.

„Ich war noch nie am Meer“, sagte Rosa. Er betrachtete ihren schmalen Hals, die kleinen Locken hinter den Ohren. Sie öffnete den Knopf ihrer Jeans und zog sich die Hose vom Hintern. Milo löste seine verschränkten Arme, er betrachtete ihre Silhouette vor dem Wasser, das ewiger Bewegung unterworfen war.

„Ich hab es mir ganz anders vorgestellt.“

Sie trat einen Schritt vor, an den Rand der Veranda, dann stieg sie, mit ihren Armen nach Balance suchend, auf den ersten Stein. Sie drehte sich zu Milo um. Rosa lächelte. Eine

Welle schlug um ihre Knöchel und zog sich zurück, vor Überraschung weiteten sich Rosas Augen, die dieselbe Farbe wie das Wasser hatten. Rosa sah nach unten. Sie griff nach dem Saum ihres T-Shirts und zog es über den Kopf, dann warf sie es neben ihre Jeans, die zu Milos Füßen lagen. Der Horizont war zu hell, um ihn zu erkennen, er verschmolz mit dem Wasser.

„Komm."

Rosa streckte ihre Hand nach ihm aus, mit den Fingern machte sie eine auffordernde Bewegung. Er blickte dieser Frau in die Augen, die noch nie am Meer gewesen war und doch schon im Wasser stand. Milo öffnete den Mund, aber sie legte rasch einen Finger an ihre Lippen, und er schloss ihn wieder. In seiner Brust begann ein schmerzhaftes Klopfen.

„Schwimm mit mir", sagte Rosa.

Danksagung

Von Herzen danke ich

Christoph, der mich hin und wieder geschubst hat,
damit ich Rosas und Milos Weg finden konnte.
Michael, der nicht nur der Wirt mit der tollsten Frisur der Welt
ist, sondern auch noch ein guter Freund, ein mehr oder weniger
guter Verlierer, ein schlechter Trinker und der einzige, den ich
kenne, der mehrmals versucht hat, die Sterne zu zählen.
Grazyna, die mir beigebracht hat, dass etwas nicht immer
schwarz oder weiß sein muss,
sondern manchmal eben grau sein kann.
Rafael und *Agnes*,
because a wingman is a wingman is a wingman.
Siobhán, du weißt warum.
Brita und *Peter*, den Bewohnern des Katzenschlosses.
Meinen Psychiatern, *den Pferden*.
Falls man sich bei Pferden bedanken kann.
Der Literaturabteilung des Landes Niederösterreich,
die mir ermöglichte, einen Spätherbst in Italien zu verbringen -
ohne diesen Ort gäbe es dieses Buch nicht
Karoline Cvancara, für die Möglichkeit,
das Interesse, die Leidenschaft

Magda Woitzuck

geboren 1983, studierte Allgemeine und Vergleichende Literaturwissenschaft in Wien. Veröffentlichungen in Anthologien und Literaturzeitschriften sowie Hörspielproduktionen mit dem ORF. Stipendien und Auszeichnungen, u.a. den Hörspielpreis der Kritik 2010 sowie die Special Commendation des Prix Europa in Berlin für ihr Hörspiel Doggod. 2012 erschien die Trilogie Ellis bei der Literaturedition Niederösterreich.
Sie lebt und arbeitet in Niederösterreich.

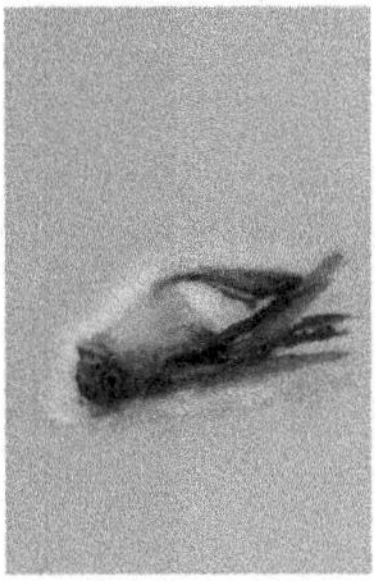

Spatzensterben
2015, Alice Haring
Öl auf Glas, 40 x 50 cm

Die Malerin Alice Haring hat die Geschichte der Autorin als Inspiration genutzt, um ein Gemälde für das Cover des Romans zu schaffen.
Motivisch dem Gegenständlichen verschrieben, stellt sie zumeist ihre unmittelbare Umwelt im Bild dar, aber als genaue Beobachterin formuliert sie immer ihre eigene Interpretation des Gesehenen. Hier verbinden sich Figurales und Abstraktes zu ungewöhnlichen Arrangements und kreieren eine Welt der offenen Assoziationen.
Sie lebt und arbeitet in Wien.

www.aliceharing.at

VERLAG WORTREICH

Informationen über das Verlagsprogramm und Veranstaltungen
www.verlag-wortreich.at